ANOTHER LIFE

ANOTHER LIFE

Theodor Kallifatides

다시 쓸 수 있을까

77세에 글을 잃어버린 작가 테오도르

테오도르 칼리파티데스 지음

신견식 옮김

어크로스

칼 오토 보니에에게

친구보다 값진 것은 없다.

아리스토텔레스

차례

1부 작업실

2부 아내의 집

1부

작업실

아예 쓰지 않는 것보다도
후지게 쓰는 것이 두려웠다

힘든 때였다. 소설 집필에 온 힘을 기울이다 진이 몽땅 빠
지는 바람에 글쓰기를 관둘까도 생각했다. 몸을 버리느냐 글
쓰기를 버리느냐.

일흔일곱 살이나 먹었으니 때가 지났어도 한참 지났다. 어
느 저녁, 폴크오페란 가극장에서 만난 〈다겐스 뉘헤테르〉 지
의 문화부장 비에른 비만과 그걸 주제로 이야기를 나눴다.
비만은 일흔다섯 살이 넘으면 글을 써서는 안 된다고 했다.

"일흔다섯 살까지는 괜찮아요. 근데 그 뒤로는 뭔가 좀 달
라지거든요." 그가 작가들에게 말했다.

그 '뭔가'가 나한테도 일어났던 걸까?

몇 가지 구상이 떠올라 미적지근하게 덤벼보기도 했지만 별로 신통치 않았다. 문장은 반쯤 쓰다 보면 벌써 지쳐버렸고 낱말은 곱씹을수록 입맛이 썼다. 어떻게 더 나아갈 수 있으려나?

그러던 어느 날, 작업실 샤워기 밑에서 옷을 입은 채로 온몸을 푹 적셨다. 안톤 체호프가 조언했던 실패에서 회복하는 방법을 따라 해본 것이었다. 말 그대로 글을 쓰지 못한다는 것은 커다란 차질이거나 엄청난 실패. 체호프는 이럴 때 물에 젖은 개를 따라 하라고 말했다. 몸을 흔들어 물을 털어내라는 것이다.

하지만 잘되지 않았다. 정반대였다. 나는 감기에 걸려 덜덜 떨었고 슬픔은 뼛속들이 파고들었다. 나는 물에 빠진 개였을 뿐만 아니라 감기까지 걸린 전前 작가였다.

나는 77년을 살았다. 세월은 물보다 무거웠다. 무게를 떨쳐버릴 수 없었다. 다시 글을 쓸 수 있기는 할까?

동시대인 가운데 글이 유려한 수필가로 손꼽히는 카린 요한니손의 인터뷰를 읽었다. 일흔 살밖에 안 먹었지만 더는 글을 쓸 생각이 없다고 말했다. 새로운 집필 계획에 집어 삼켜질 힘도 없고 그러고 싶지도 않다는 것이었다.

곰곰이 생각해볼 일이었다.

나의 하루하루를 텍스트 주위에 엮는 것이 여전히 가능할까? 일단 글을 써 내려간 다음부터는 잠들 때든 일어날 때든 글에 대한 생각이 머릿속을 떠나지 않았다. 내 글의 여자 주인공들은 나와 가까이 있었고, 그들 곁에 누운 남자 주인공들은 겁이 많거나 포악하면 나의 비웃음이나 경멸을 견뎌야 했다.

내 여주인공들은 끝없는 호기심과 욕망을 불러일으켰다. 내 앞을 지나가거나 나와 팔짱을 꼈다. 얼굴을 찡그리거나 빙긋 웃으며 나에게 다가왔다. 다리를 꼬고 나와 마주 앉거나 내 등 뒤에서 킬킬댔다.

어떤 옷을 입었는지, 무엇을 읽었는지, 사랑에 빠져서 처음으로 두 팔을 벌리고 품을 열어젖혔을 때 남자의 어디가, 여자의 어디가 마음에 들었는지, 나는 알고 있었다.

이따금 내가 그중 한 여자와 사랑에 빠지면 질투가 일기도 했다. 거듭해서 끈질기게 캐물었다. 너 그 남자한테 무슨 말을 했어? 그 녀석은 너한테 뭐래? 어디 있었니? 둘이 껴안고 서로를 어루만지는 걸 분명히 봤어. 그런데 춤만 췄다고? 무슨 생각을 하는 거야? 전화 걸었는데 안 받더라 등등.

아내가 가끔 저녁때 나한테 물었다.

"오늘 뭐 했어?"

"딴 여자랑 있었지."

아내는 크게 웃음을 터뜨렸다. 그렇지만 거짓말이 아니었다. 나는 호주에서는 《입술의 시원함으로(Med sina läppars svalka)》의 엘레나와, 2500년 전의 아테네에서는 티만드라와, 또 어디에선가는 다른 누군가와 함께 있었다.

내 소설이 처음으로 출간된 1969년 이후 나의 나날은 그렇게 흘러갔다. 글쓰기가 막히는 일도 없었고 흐름이 방해받은 적도 없었다. 모든 책은 그다음 책으로 넘어가는 다리였다. 연애와도 참 비슷했다. 하지만 이제 2015년이고 내 기력도 점점 쇠약해져갔다. 여태까지 나를 이끌어왔던 헌신적 열정을 그러모을 힘이 아직 남아 있는 걸까?

언제나 가장 두려운 것은 조롱받게 될지도 모른다는 것이었다. 너무나도 형편없는 글을 써서 스톡홀름 스트룀멘 위를 날아다니는 갈매기조차 키득거리면 어떡하나. 나는 글을 아예 쓰지 않는 것보다도 후지게 쓰는 것이 두려웠다. 그런데 글을 시원찮게 썼더라도 내가 그걸 알아차리기나 할까? 아니면 내 책을 내줄 너그러운 출판사가 대신해서 벌벌 떨게 될까?

물론 항상 비평가에게 기댈 수도 있다. 하지만 나는 그럴 수가 없다. 내가 너무나도 오랫동안 함께했던 이 문학적 보드게임을 오롯이 심각하게만 보기는 어려웠다. 글을 쓸지 말지를 결정하는 중차대한 일은 나의 몫이다. 그러니 다른 누군가의 말을 듣고 결정할 수는 없었다.

내 인생이 달린 일이었다.

덴마크 출신의 노르웨이 작가인 악셀 산데모세(Aksel Sandemose)는 이름에 가위표가 들어가는 것이 싫다고 철자를 x에서 ks로 바꿨다고 한다. 나에게 머리로도 가슴으로도 와 닿는 말이다. 그는 작가가 글쓰기를 멈출 수 있다면 그래야 된다고 말하던 사람이다.

산데모세는 충고 한마디도 보탰다. 화가인 가까운 친구가 사랑하던 아내를 여의고 나서 더는 그림을 그릴 수 없다고 한탄했을 때였다.

"이젤 앞에 서면 항상 아내 얼굴이 보여." 친구가 말했다.

"그럼 그 얼굴을 그려." 산데모세가 말했다.

하지만 나에게는 그릴 얼굴이 없고 내 가슴속에는 찜찜한 불안감만 자리 잡았다. 마치 멈추지 않는 숙취 비스름한 것이 이불솜에 둘러싸인 것처럼 머릿속이 먹먹했다. 나는 어째서 글을 쓸 수 없는지에 대해 글을 쓸 수도 있었지만 당장 그러고 싶지는 않았다. 아예 때려치우는 편이 나았다.

하지만 내가 관둘 수 있을까? 확신이 없었다. 글을 쓸 수 없다는 것은 글을 쓰려는 시도를 멈추기로 마음먹는 것과 전혀 다른 문제다. 내가 가족에게 이 얘기를 꺼내자 다들 웃음을 터뜨렸다. 내가 매번 책을 끝내고 나서 그렇게 말하곤 했다는 것이었다. 친구 몇 명도 똑같은 반응을 보였다. "약물 중독자도 비슷하다니까." 친구 하나가 말했다. "정신이 말짱해질 때마다 약을 끊어야겠다고 마음먹지만 금세 약물 중독의 구렁텅이에 도로 빠져버리거든."

그런데 어느 때는 그냥 글쓰기 자체가 안 되기도 한다. 예란 툰스트룀처럼 재능이 넘치는 작가조차도 작업 중에 원고를 집어던질 수밖에 없었다. 한 줄도 더 나아갈 수 없었기 때문이다. 혹은 빌헬름 모베리 같은 대문호는 예술적 무력감에 빠지느니 죽음을 택하고 말았다.

조르주 심농은 굉장히 빠르게 글을 쓰던 작가다. 200페이지짜리 소설을 몇 주 만에 탈고했으니까. 비결은 아주 간단했다. 스스로를 방 안에 가두고 새 책을 마무리하기 전에는 밖으로 나오지 않았다. 먹을 것은 비서가 가져다주었다.

심농이 여느 때처럼 일하던 어느 날이었다. 방문을 잠그고 방 안에 들어가 있었다. 비서는 문밖에 서서 익숙한 타자기 소리가 들리길 기다렸다. 몇 시간이 지났는데 아무 소리도 들리지 않았다. 심농이 벌컥 문을 열었다. 첫 문장을 끄집어내기 위해 얼굴이 하얗고 초췌하게 질리도록 고민했지만 헛수고였던 것이다.

"사 이 에(Ça y est)." 그는 이 말만 던졌다.

'됐다'라는 뜻이다.

거의 사백 권이나 되는 책을 썼지만 이제 한마디도 나오지 않게 되었다. 이후 죽을 때까지 심농은 아무것도 쓰지 않았다.

달리 말하자면 나의 두려움은 근거가 전혀 없지는 않았다. 글을 쓰면 쓸수록 끝장날 위험성도 더 커졌다. 아무 일도 생기지 않을수록 무엇인가 일어날 가능성이 더 커진다.

남들이 내게 알랑대길 바란 것은 아니었다. 스웨덴 사람 모두가 나한테 무릎을 꿇고 계속 글을 써달라고 빌기를 기대하지는 않았다. 스스로를 변명하기 위해 바벨탑에 불려 가는 일도 없었을 테고, 대부분의 사람은 무슨 일이 생겼는지도 몰랐을 것이다. 글쓰기를 관둔 것으로 관심을 받을 사람이 얼마나 되겠는가. 난 착각 따위는 하지 않았다. 그렇지만 나의 삶을 집어삼킬지 모를 공허함은 너무나 두려웠다. 며칠 밤낮이 지나도 육칠십 년대에 지은 아파트 단지의 기다란 복도들처럼 매일매일이 똑같이 느껴졌다.

병 때문은 아니었고, 시적인 불운이나 사회적 환경이나 다른 무엇 때문도 아니었다. 글이 나오는 샘물은 내 안에 있었다. 이 샘물이 말라붙었다면 내 잘못이었다. 비록 내 시대와 들어맞는 것이 단 하나도 없었다고 치더라도 나는 다른 어떤 것도 탓할 수가 없었다. 이것을 주제로 에세이 혹은 시사 평론을 써도 됐을 일이다. 하지만 그러고 싶지 않았다.

선원들은 순풍에 대해 얘기한다. 글쓰기도 그렇다. 쭉 끌려가다 보면 큰길이든 오솔길이든 이야기가 알아서 길을 찾아가게 마련이고, 한 문장에서 다음 문장으로 넘어갈 때 무슨 일이든 생길 수도 있다.

나는 그걸 애타게 기다렸다. 그런데 도무지 기다림이 끝나지 않았다.

두 달이 흘렀다. 나는 아침마다 작업실로 출근했다. 거기서 아무것도 안 하고 음악만 듣거나 전화로 수다를 떨었다. 하지만 대개는 컴퓨터로 체스를 두었다. 40년 이상 내 책을 펴내며 꾸준히 내 상대가 되었던 출판인 칼 오토의 이름을 컴퓨터 속의 체스 상대에게 붙이고. 어쩌다 내가 컴퓨터를 이기기라도 하면 기쁨에 어쩔 줄을 몰랐다. 그럴 때 거울 앞에서 내 모습을 보면 조만간 회까닥 돌아버릴 사람 같았다.

일을 하지 않으면 쓸모없는 존재가 된다

나는 스톡홀름 쇠데르 구역의 작업실에 있는 것이 참 좋았다. 맘셀 요사베트 계단을 올라갈 생각을 하면 아침마다 가슴에 기쁨이 가득했다. 거기서는 노르웨이 교회 뒤의 비탈진 언덕에서 봄마다 피어나는 흰 꽃, 노란 꽃, 파란 꽃을 볼 수 있었다. 저녁에 작업실을 나설 때도 즐거움이 가득했다. 아름다운 가로등은 스티그베리스가탄 거리를 따라 온통 꿀처럼 매끄러운 빛을 드리웠다. 언제나 한참 만에야 그 모습에서 겨우 발걸음을 뗄 수 있었다.

내가 누리지 못한 과거의 맛을 보았던 곳이 거기였다. 지나간 시절의 스톡홀름 말이다. 내 집필실이 자리 잡은 곳은 예전에 향신료를 팔던 가게였다. 글을 쓰다 보면 지난 세기의 향취가 나를 감쌌다.

나는 그 방을 무척이나 좋아했다. 안녕? 아침에 들어갈 때마다 인사를 했다. 밤사이에 푹 잤니? 오늘은 나랑 뭐 할래? 오랜 세월 내내 그랬다.

글감은 머릿속에만 있는 것이 아니고 주변에서도 얼마든지 찾을 수 있었다. 벽에서, 가구에서, 커피향에서, 전등의 불빛에서도. 재수 좋은 날에는 무엇으로든 글을 쓸 수 있었다.

"나한테 재떨이를 주시면 단편소설 하나 써드릴게." 수줍음 많은 체호프는 으스댔다. 물론 어떤 날은 무엇으로도 글을 쓸 수 없었다. 작업실에서도 간혹 언짢거나 울적한 기분이 들 때가 있었지만, 그러다가 10분쯤 지나면 글을 쓰는 사람을 내 안에서 만났다. "나의 노예지." 어떤 동료가 그렇게 표현했다.

왜 그랬을까? 나도 모르겠다. 혹시라도 전에 머물던 세입자의 오라가 남아 있었던 것일까? 만나본 적도 없으니, 당연히 어떤 사람인지도 알 수 없었다. 다만 외로웠겠다는 생각은 들었다. 무척이나 좁은, 보통의 침대보다 훨씬 좁은 철제 침대 하나만 남겨놓았기 때문이다. 거기 누우면 즐겁고 편하게 쉬는 게 아니라 오히려 고문받는 느낌이 들 것 같았다.

그걸 보고 있기만 해도 가슴이 저렸다. 거기서 뿜어져 나오는 어마어마한 고독은 나를 눈물짓게 했고 나도 결국 그렇게 될까 봐 두려웠다. 좁디좁은 철제 침대 위에서 쓸쓸하게. 뮈로르나라는 중고품 가게에 그 침대를 갖다주고 이케아에서 평범하지만 편안한 침대를 하나 장만했다. 싱글도 아니고 더블도 아닌 중간쯤 되었는데 상품명은 술탄이었다. 별다른 의미는 없지만 그랬다.

거기서 나는 낮잠을 잤다. 나의 스웨덴 친구들은 점심을 먹고 나서 산책을 했다. 에른스트만 달리기를 했다. 나는 그러지 못했다. 밥을 먹기만 하면 곧바로 졸음이 쏟아졌다. 똑바로 앉아 있을 수가 없었다. 나는 술탄 침대에 누워야 했다.

다시 눈을 뜨면 나를 기다리는 풍경이 전혀 낯설지 않아 마음이 푸근해졌다. 한쪽 창문으로는 카타리나 교회의 돔이 보였고, 다른 쪽 창문으로는 스톡홀름의 항만 구역이 보였다. 항만에는 은퇴자들과 연인들을 싣고 세계 각지에서 몰려온 크고 작은 배들이 정박해 있었다.

내 작업실은 1870년대에 지은 목조 건물 안에 있었다. 인테리어 말고는 그때 이후로 달라진 것은 없었다. 언젠가 한번은 전기 기사가 전선이 들어갈 통로를 파내야 했다. 온 힘을 다해 끙끙대면서.

"이건 뭐 돌보다 단단하네요, 염병!" 전기 기사는 잘라낸 나뭇조각을 집어들더니 나의 커다란 그리스 매부리코에 갖다 댔다.

"아직 소나무 냄새가 나는군요." 기사가 말했다.

나는 내 작업실에서 수년간 참으로 멋진 나날을 보냈는데 이제 그곳을 뒤로하고 나설 작정이었다. 지난 몇 달은 악몽 같았다. 내가 하는 일은 평소와 같았다. 때맞춰서 오고, 커피를 끓이고, 컴퓨터를 켜고. 그런데 그게 끝이었다. 여러 가지가 생각나서 시도해봤다. 《일리아스》를 번역하고 아리스토텔레스의 《니코마코스 윤리학》에 관한 에세이를 쓰고 연애소설을 썼다. 하지만 모두 산소가 모자라서 죽어버렸다.

나는 불만으로 가득했다. 나 스스로에게뿐만 아니라 사회와도 껄끄러웠다. 스웨덴이 차츰차츰 변모하는 모습을 지켜

보기가 괴로웠다. 사회 정의와 연대감은 시장의 보이는 손과 보이지 않는 손에 슬슬 자리를 내주었다. 사교육은 점점 늘고 있었고 영리 병원도 마찬가지로 늘어났다. 교사와 의사는 사업자가 되고 학생과 환자는 고객이 되어갔다. 모든 일이 너무나 빠르게 일어났기 때문에 역사로서 남을 겨를도 없었다. 해가 갈수록 임금 격차는 벌어졌다. 탐욕은 운전석에 앉았고 무한한 개인의 자유는 길잡이별이 되었다.

나는 적응할 새도 없이 점점 낯설어지는 세상에서 늙어갔다. 마침내 입을 뗄 엄두도 내지 못하게 되었다. 거부감이 드는 것도 당연했다. 나는 늙어버렸고 툭하면 구시렁거렸다. 내가 잘 쓰는 말로 표현하자면 더도 덜도 아닌 '그넬스피크(gnällspik, 못질하는 소리처럼 투덜대는 투덜이)'였다.

스웨덴어가 빈약하다는 소리들을 하는데 말이지.

그넬스피크! 참 비상한 발명품이다.

내가 살던 목조 건물은 사라져가는 모든 가치를 대변했다. 그런 가치관으로 지어진 집이었다. 양초조차도 요즘은 악취를 풍기는 반면에 나무는 200년 가까이나 지났는데도 향기를 풍겼다. 어두컴컴한 겨울 오후가 되면 촛불을 한두 개 켜곤 했다. 30년 전에 이 버릇이 들었을 때는 촛불이 주변에 부드러운 향취를 풍겼다. 이제 나는 거기서 나오는 고약한 냄새를 견딜 수 없게 되었다.

내가 과장하는 거라고? 어쩌면 조금은 그럴지도 모른다. 하지만 아주 조금만 그렇다.

모든 구역이 맹렬한 기세로 탈바꿈하고 있었다. 우리 발밑에 지하 주차장을 지으려고 스티그베리에트를 온통 파헤쳐 놓았다. 우리는 시위도 하고 서신도 보내고 탄원서에 서명도 받았지만 건축주뿐만 아니라 스톡홀름 시당국과 공무원에게도 무시당했다. 도시는 근래 들어 최악의 주택난을 겪고 있는데 그들은 주차장이나 짓고 있었다.

지하 공사는 예기치 못한 결과를 불러일으켰다. 쥐들이 미쳐 날뛰면서 붉은 깃발을 흔들며 길거리로 뛰쳐나왔던 것이다. 이것들은 내가 점심을 먹기 위해 또 다른 그리스 디아스포라의 일원인 지미의 집에 갈 때면 내 뒤를 졸졸 쫓아다녔다. 도심은 냄새를 풍겼고 사람들은 여기저기 오줌을 갈겨댔으며 집값은 천정부지로 치솟았다. 그런데도 시당국은 사방에 주차장이나 짓고 있었다.

한때는 길바닥에 침을 뱉는 것도 경범죄로 간주되던 스톡홀름이 그 지경이 되고 말았다.

한편으로는 좋은 쪽으로 바뀐 것도 있었다. 이를테면 길거리 꽃집이 생겼다. 아침마다 광장이나 네거리에 천막을 치고 여름이든 겨울이든 여러 꽃과 식물을 펼쳐놓았다. 덕분에 향기가 피어올라 주변 환경까지 바뀌었다.

셰르호브스플란의 내 작업실 아래층에서 지내던 사미라는 칠레 출신의 활기차고 박식하며 쾌활한 여성이었다. 우리는 아침이면 언제나 몇 마디씩 주고받았고 저녁에도 마주치면 얘기를 나눴다. 이따금 사미라는 내 책상 위에 꽃을 갖다놓았다. 내 단편소설도 한 권 읽었다고 했다. 그녀의 딸은 나의 다른 책들을 읽었다고 했다.

어쩔 때는 한참을 빈둥거리기도 했다. 나에겐 말하자면 비밀이 하나 있었다. 나는 꽃을 사러 오는 여자들을 구경하는 것이 좋았다. 여자들에게서는 화사한 빛이 난다. 남자들은 칙칙한 몰골이다. 무슨 수류탄이라도 사려는 것처럼.

사미라는 오롯이 홀로 사업체를 차렸다. 이제는 직원도 세 명이 되었다. 어떤 면에서는 사미라를 보고 있기만 해도 마음이 흐뭇해졌고 일할 의욕이 넘치게 되었다. 칠레 난민 출신의 싱글맘이 직원 세 명과 함께 사업체를 꾸려나갈 수 있다면 책 한 권을 쓰는 일이 힘들어봐야 얼마나 더 어렵겠는가?

이와 달리 그리스인 친구는 이미 망해가던 사브 자동차에서 해고되었을 때 메드보리아르플랏셴 광장에 가판대를 세웠다. 그 친구도 금세 성공하여 몇 년 뒤에는 직원 다섯 명을 고용했다. 그는 마음씨 푸근한 자선사업가가 되어 노숙자들에게 먹을거리도 대주고 따뜻한 잠자리도 마련해주었을 뿐만 아니라 자기 동네에서 구걸하는 집시 모두에게 돈을 나눠주었다.

그는 비인간적일 만큼 열심히 일했다. 물건을 떼기 위해 베스트베리아에 있는 시장에 가려면 새벽 네 시에 일어나야 했다. 아내가 도로 침대로 잡아끌어도 소용없었다. 새벽 네 시는 그들만의 시간이었다. 그때 함께 자지 못한다면 다음 기회는 없었다. 그는 일하러 나갔다가 밤 아홉 시에야 돌아왔다.

"밥을 먹은 다음에는 TV를 켜고 뉴스를 봐요. 몇 년 동안은 저녁 종합 뉴스를 처음부터 끝까지 제대로 본 적이 없어요. 안락의자에서 잠들거든요. 내가 세 살배기 아이인 것처럼 크리스티나가 깨우고 등을 떠밀면 이를 닦고 바로 침대에 뻗어버리죠. 잠자리에서 느긋하게 서로를 음미하며 그리스식 연애질을 할 기운이 남아도는 사람이 누가 있겠어요?"

날마다 똑같이 되풀이되는 일상이었다. 우선 꽃을 사 와야 했고, 그다음에는 가판대를 세우고 상품을 펼쳐놓아야 했다. 이후로는 최대한 많이 팔아치우는 게 일이었다. 손님을 알아보고 수다를 떨고 경우에 따라서는 가볍게 농지거리도 주고받아야 했다. 저녁이 되면 물건을 들여놓고 하루 매출액을 결산한 다음에 은행 계좌에 입금한다. 이튿날이 되면 처음부터 다시 시작한다.

"자네는 시시포스가 됐구먼." 내가 말했다.

시시포스란 것을 들어본 적도 없다기에 신화 이야기를 해줬다. 제우스는 시시포스에게 바윗돌을 언덕 꼭대기까지 밀고 올라가는 벌을 내렸다. 하지만 언덕 꼭대기까지 올라가면 바윗돌이 굴러떨어져서 시시포스는 다시 처음부터 시작해야 했다.

내가 들려준 얘기는 효과가 있었다.

어느 날 그리스 친구가 달라져 보였다. 면도도 안 했고 나에게 웃음을 짓지도 않았다.

"왜 그래? 크리스티나가 천국으로 가는 문이라도 막았나?"

그가 고개를 가로저었다.

"커피 한잔할까?"

우리는 메드보리아르플랏센 광장의 제과점을 찾아갔다. 거기서 나는 이야기의 전말을 들었다. 그는 시시포스와 똑같은 일을 당하지 않기로 마음먹었다. 그는 가게를 직원에게 맡기고 산책을 나섰다. 운수 좋게도 햇볕이 화창한 겨울날이었다. 먼저 부르스파르켄 공원에 가서 젊은 엄마들이 아이들과 노는 모습을 즐겁게 바라보았다. 하지만 대부분은 개도 한 마리씩 끌고 왔기 때문에 개들이 짖어대는 소리가 시끄러웠고 아이들도 꺅꺅 소리를 질렀으며 엄마들의 휴대전화도 끊임없이 울려댔다.

오래 있지는 못했다. 한 15분쯤 있었을까. 그러고는 카페에 가서 에스프레소를 마셨는데 거기 주인인 이탈리아 사람은 머릿속에 딱 하나만 들어 있었다. 그건 바로 축구팀 유벤투스. 그 사람과 딴 이야기를 하려고 해봤자 아무 소용이 없었지만 아무튼 커피는 맛있었다. 그래서 가여운 내 친구는 파키스탄 식당으로 옮겼지만 카레 냄새를 견디지 못하고, 결국은 메드보리아르플랏센 광장에서 장사하는 또 다른 그리스인의 가게에서 덴마크식 핫도그를 사 먹기로 했다. 그런데 거기 사장이 걱정스러운 눈빛으로 물어봤다. "너는 직원들을 믿어? 네 팬티까지 벗겨 먹으면 어쩌려고 그래?" 하지만 우리 영웅은 시시포스와 똑같은 운명을 받아들이지 않겠다고 다짐했기에 카타리나 교회 묘지로 향했다.

그는 벤치에 앉아 지나가는 사람들을 세어보았다. 모두 언젠가는 죽음을 맞이할 사람들이었다. 하지만 모든 사람이 결국은 죽으리라는 것을 받아들이기는 쉽지 않았다. 그는 점점 더 깊은 상념에 잠기다가 마침내 이런 생각에 이르렀다. "저 사람들 가운데 아무도 죽음을 비켜갈 수 없는 건가?" 화를 내며 혼자 중얼댔다.

임계점에 다다르고 있다는 깨달음이 왔다. 한낮에 벤치에 앉아 혼잣말이나 하다니 있을 수 없는 일이었다. 그는 자신의 꽃가게 가판대로 곧장 달려가자마자 직원에게 잔소리를 늘어놓기 시작했다. 기쁨이 밀려왔다.

"이보시오, 내 친구여. 어쩌다 보니 작가이자 철학자가 됐을지는 모르겠지만 시시포스 신화는 하나도 이해하지 못한 것 같군요. 제우스는 벌을 내린 것이 아니었다니까요. 그 반대죠. 자비를 베풀어준 거라고요. 일이 없는 사람은 아무것도 아니거든요."

나는 이런 해석을 들어본 적이 없었다. 외국에 가면 배울 게 많다. 그 친구 말이 맞았다. 이제 내 작업실을 나오고 보니 명백했다.

"할 일이 없는 사람은 하라미예요." 그는 터키어 haram에서 유래한 그리스어 χαράμι(harami)를 들먹이며 조금 단호하게 말했다. 일을 하지 않으면 쓸모없는 존재가 된다는 뜻이었다. 마침내 다다른 결론이 참으로 고약했다.

과장처럼 들렸다. 그런데 가만 보니 나도 그랬다. 나는 작업실에 있을 때 비로소 제구실을 해냈고 유의미한 하루하루를 보냈다.

내가 언제나 깨닫지는 못했지만 그곳에서는 모든 것이 제대로 돌아갔다. 내가 한번도 사용한 적이 없는 나무 난로를 예로 들어보자. 난 그 난로를 쳐다보는 것이 좋았다. 얼마나 정성 들여, 얼마나 꼼꼼하게 만들었을까. 그러고 나서 얼마나 아름답고 멋들어지게 볼린데르(Bolinder)라는 이름을 새겨 넣었을까. 옛날 가옥과 건물은 호사스러운 사무실과 아파트로 재건축되었다.

내 작업실 창밖으로는 카타리나 교회의 황금빛 종탑이 보였는데 화창한 오후에는 작은 태양처럼 반짝거렸다. 그리고 종소리가 울리면 나는 마치 꿈을 꾸는 듯했다. 그러면 그리스 고향 마을의 교회 종소리가 들리기도 하고 아테네 동네 교회에 앉아 있는 느낌이 들기도 했다. 그렇게 나의 두 나라 사이에 천국의 오솔길이 나 있었다. 창밖의 해당화는 지나간 여름을 품에 안은 듯 늦가을까지 꽃을 피웠다.

어떻게 내가 그 작업실에서 잘 지낼 수 있었는지를 따져봐야 아무 실속 없는 짓이었다. 내가 잘 지냈다면 그걸로 충분했다. 나는 커피를 끓였고, 담뱃대에 불을 붙였고, 컴퓨터를 켰고, 세상 속으로 흘러들었다. 40년 동안 그렇게 살아왔다. 가끔씩은 다른 작업실에, 다른 동네에, 다른 도시에, 다른 나라에 있기도 했지만 한결같았다. 기차에서도, 호텔방에서도, 작업실에서도 나는 늘 일을 했다. 그것이 나의 삶이었다. 그것이 나의 영혼이었다. 날마다 써 내려가는 것.

그걸 내가 어떻게 거부할 수 있었겠는가?

어느 날 오후 나는 쇠드라라틴 고등학교를 지나고 있었다. 학생들은 방금 수업을 마치고 집으로 가던 중이었다. 그런데 어떤 아이들이 내 길을 가로막았다. 그중에서 가장 당돌해 보이는 여자아이가 나한테 당차게 물어보았다.

"이름이 뭐예요?"

난 잠시, 물론 아주 잠시만 머뭇거렸다.

"테오도르다."

걔가 피식거릴 거라고 생각했다. 그런데 내 생각이 틀렸다. 앳되고 되바라진 눈빛이 누그러졌다.

"멋진 이름이네요." 우아하게 고개를 숙이며 말했다.

바로 그날 오후에 나는 결심했다. 그 아이에게 내 이름을 그냥 얘기해주었듯이 그냥 내 인생을 바꿔야만 한다고. 내가 잃어버린 것을 되찾아야만 한다고.

나는 작업실을 나오면서 팔릴 만한 것은 모조리 팔아치우고 남들에게 줄 만한 것은 다 넘겨주고는 문을 닫았다.

"잘 있게, 내 친구여."

어떤 뒷이야기가 펼쳐질지 아무것도 몰랐다.

현기증

처음에는 홀가분했다. 아침에 서두르지 않아도 되고, 무슨 옷을 걸쳐야 할지 고민할 필요도 없고. 게다가 어차피 연착 하기 일쑤인 열차라도 놓칠까 봐 역까지 잰걸음 치지 않아 도 되었다. 그런데 가장 후련했던 것은 과연 오늘은 무엇이 라도 쓸 수 있을까 가슴 졸이며 심장 두근거릴 일이 없어졌 다는 사실이었다. 이렇게 가슴이 두근거리다 보니 늘 피곤해 죽겠는데도 잠을 이루지 못한 적이 많았다.

뭔가 놓칠까 봐 불안했다. 군대에서 보초를 서다가 깜빡 잠드는 느낌이었다. 보초를 서는 순간은 의무 복무 사병이 잠시나마 작은 책임과 권력을 지니는 유일한 시간이다. 암구호를 제대로 대지 못하면 제아무리 지휘관이라도 통과할 수 없다. 나는 보초를 서면서 잠자는 전우들을 지켜보는 것이 좋았다.

글쓰기도 마찬가지였다. 나는 보초를 섰다. 새벽 세 시에 잠이 깨면 커피를 끓이고 담뱃대에 불을 붙이고는 식탁에 앉아 글을 썼다. 나의 '늑대 소굴'로 가기 위해 열차에 오를 때까지.

어떻게 해서 글쓰기는 나의 삶에서 그런 무게를 지니게 됐을까? 내가 얻은 게 무엇일까? 나는 무엇을 맞바꿨을까? 군대에서 보초를 서는 느낌과 비슷하다는 생각이 든다. 글을 쓴다고 해서 어느 누구도 휴가를 금지하지 않았지만 그렇다고 휴가를 주지도 않았다.

어쩌면 그랬을지도 모르겠다. 나는 내가 만든 세상을 책임져왔을 뿐이다.

이제 이 모든 것을 뒤로하고 떠날 때가 됐다. 내 고국에서 이민을 떠나왔듯이 나 스스로에게서 이민을 떠날 때가 됐다.

아무 일도 하지 않은 처음 며칠 동안은 웬만하면 이불 밖으로 나오기도 싫었다. 마침 우리는, 즉 아내와 나는 따로 방이 있었다. 아내 이름은 구닐라인데 선친께서는 스웨덴어 'u'를 제대로 발음하지 못해서 언제나 '규닐라'에 가깝게 부르셨다. 아마 어린 시절에 배우셨던 터키어에 원순 전설모음 ü가 매우 흔하다 보니 그랬을 것이다.

선친 생각을 많이 했다. 당신께서는 더 이상 아무 일거리도 들어오지 않은 여든 살의 나이에야 은퇴하셨다.

어째서 나는 물러날 궁리를 했을까? 분명히 나는 위기에 빠져 있었다. 나 혼자만 그런 것은 아니었다. 대부분의 작가에게 언제고 한 번은 그런 때가 온다. 왜 나는 버티지 않았을까? 출판사는 내가 계속 글을 쓰도록 무척이나 후한 선금을 주면서까지 나를 구슬렸다. 내 책들은 예전만큼은 아니지만 시장에서 꽤 잘나갔다.

나를 그만두도록 몰아친 게 무엇일까?

물론 늘 피곤했다. 그럼에도 작가로서의 일상은 나중에 써먹을 글감으로 여겨왔다. 10초 동안 잠깐 본 얼굴이든, 70년 전에 내 고향 마을에서 봤던 꽃을 활짝 피운 아몬드 나무든 중요한 기억은 자세히 기록해두었다.

바다를 보고 바다와 사랑을 나누고 싶었던 옛날만큼 인생이 에로틱하지는 않았지만 아직도 흥분되는 구석은 있었다. 이제 더는 바다를 보지 않고 회상할 뿐이었다.

내 뿌리로 되돌아갈 때가 온 것일까? 어쩌면 남은 것은 미래가 아니라 과거였을까?

머릿속에는 이런 생각이 득시글거렸다.

인정해야겠다. 나도 부끄러웠다는 것을. 가난은 스톡홀름에서 점점 더 눈에 띄었다. 거지들이 길거리에서, 광장에서, 통근 열차에서 구걸을 했다. 노숙자들도 보였다. 이와 동시에 외국인을 향한 증오도 늘어났고, 정체불명의 인간들이 난민 수용소에 불을 질렀으며, 이민자에게 가장 적대적인 정당은 여론조사를 할 때마다 지지도가 올라갔다.

나는 그냥 이민자일 뿐만 아니라 그리스인이기도 했다. 이때는 그리스가 그렇게 자랑스러운 시절은 아니었다. 국가 부채는 천문학적인 수준이었다. 연금이나 받아먹으려는 게으른 그리스인들에게 온 유럽이 분개하며 부글부글 끓었다. 네덜란드 신문의 정치 만평에 등장한 잠옷 차림의 뚱뚱한 그리스인은 시건방진 표정으로 유럽연합을 향해 양손을 뻗고 있었다. 한 손으로는 유럽 납세자들에게 돈을 구걸했고 다른 손으로는 가운뎃손가락을 들어 보였다.

그걸 보니 독일군 점령 시절에 붙어 있던 괴벨스의 포스터가 생각났다. 거기에서 그리스인은 독일 처녀를 뒤쫓는 파렴치한 유인원으로 묘사되었다. 내 소설 《농민과 주인 (Bönder och herrar)》의 머리말도 떠올랐다. 거기에서 나는 부끄럽거나 뿌듯하다는 느낌 없이 나의 고국을 이야기하고 싶다고 선언했었다. 그해는 1973년이었다.

2015년 나를 휘감은 수치심과 맞서기 위해 자긍심이란 자긍심은 있는 대로 끌어모아야 했다. 그리스는 하루도 거르지 않고 모두에게 굴욕을 당하고 있었다.

유럽연합은 그리스 채무 위기의 대책을 강구했다. 그사이 날마다 수천 명의 난민이 에게해 군도에서 위험을 감수하다가 때로는 목숨을 잃기도 했다. 봄에 아름다운 수도원 두 곳을 보러 시미섬에 갔다가 난민들을 직접 봤다. 대다수 난민은 젊은 남자였지만 여자와 아이도 있었다. 한낮이어서 다들 더위에 기진맥진했다. 새로 도착한 난민들은 항만경비대 건물 앞의 광장에 뻗어 있었다. 서로 이야기를 나누지도, 말을 걸지도 않았다. 적막만이 감돌았다. 그들은 두 명의 젊은 항만 경비병에게 운명을 맡겼다.

　나는 좁다란 해안선에 자리한 허름한 카페에 들어가 자리를 잡았다. 30초쯤 뒤에 아름다운 여인이 내 앞에 섰다. 금발에 키가 크고 날씬했다. 나한테 뭔가 물어보려는 관광객일 거라고 짐작했는데, 알고 보니 카페의 어엿한 사장이었다. 나는 에스프레소 더블을 주문했다. 관광객을 상대하는 그리스의 가게에서 에스프레소 싱글을 시키면 실제로는 절반짜리 에스프레소가 나온다는 것을 잘 알고 있었기 때문이다.

　"이 사람들은 어떻게 될까요?" 내가 물어보았다.

　"우리만큼 그들도 잘되겠죠."

　카페에 사람이 많지 않아 사장이 자기 이야기를 들려줬다. 어머니 품에 안겨 알바니아에서 그리스로 왔다고 했다. 처음에는 힘들었다. 하지만 부모가 일자리를 구하면서 딸은 학교에 다니게 되었다. 그녀는 학교에서 그리스어를 번개처럼 빠르게 익혔고 시미섬 출신인 지금의 남편을 열일곱 살에 만났다…….

"이제 손주가 두 명이에요."

목소리에 고집스러운 자신감이 넘쳐흘렀다.

"내게는 왜 당신 같은 할머니가 안 계셨을까요?"

내 입에선 이 말이 튀어나올 수밖에 없었다.

이 칭찬 덕분에 커피 값은 내지 않아도 되었다.

나도 카페 사장과 의견이 같았다. 모든 게 잘되리라. 내 아버지는 난민이었고 나는 이민자였다. 우리 두 사람은 잘 헤쳐 나왔다.

이제 시대가 변했다.

두 달 뒤 아테네에 갔을 때 그런 변화를 볼 수 있었다. 내가 살던 동네의 카페에는 실업자들이 바글댔다. 노점상은 날이 갈수록 늘어났다. 나는 그중 한 사람에게서 라이터를 열 개 샀다. 하나도 켜지지 않았다.

중심가의 대형 옷가게 입구는 커다란 셰퍼드 두 마리가 지키고 있었다. 이런저런 사람들을 구별하도록 훈련받은 셰퍼드는 진짜 손님이 나타나면 꼬리를 흔들어댔지만 가난한 이민자나 그리스인한테는 남녀 가릴 것 없이 위협적으로 으르렁거렸다.

"이럴 수가." 나이 든 여인이 소리쳤다. "점령 기간에도 가게 앞에 개를 두지는 않았는데!"●

가난은 눈에 보일 뿐만 아니라 냄새도 풍긴다. 코를 찌르는 악취가 비싼 향수 냄새와 뒤섞여 중심가를 뒤덮었다. 내 친구 코스타키스가 아직 살아 있었다면 '인간의 악취'라고 이름 붙였을 것이다.

거지도 도처에 있었다. 몇몇은 불구였고 상처도 보였다. 여자들은 아이들을 안고 길거리에 나앉았고, 말쑥한 차림의 젊은 남자들은 무릎을 꿇고 애원했다. 그리고 우리는 그들을 그냥 지나쳤다. 우리 중에 일부는 부끄러워했고 일부는 애써 무관심한 척했다.

"드라크마는 세계에서 가장 오래된 주화다." 그리스 국립 은행 앞에 붙은 문구다. 하지만 드라크마는 더 이상 남아 있지 않았다. 그래도 은행의 지반 밑에는 고대 아테네의 발자취가 남아 있었다.

어쩔 수가 없었다. 그런 동시대성 앞에서 가벼운 현기증으로 살짝 어지러웠다. 내가 상상한 고대 아테네 사람들의 일

● 1940년부터 1945년까지 4년여 동안의 나치 공포 정치 시대를 가리킨다. 이때는 모든 물자가 모자랐다.

41

상이 내 머릿속에서 현실과 뒤섞였다. 가난, 극도의 피폐, 노숙자들⋯⋯. 바로 이런 모습들이 모든 것을 덮어씌웠다.

머리통은 잘 익은 수박처럼 두 쪽으로 쪼개졌고, 심장은 달팽이처럼 움츠러들었다. 현기증이 났다.

엑사르히아 광장은 내가 아테네를 방문할 때마다 찾아가는 곳이다. 1950년대 내가 다니던 고등학교가 있던 곳이기도 하다. 규제가 엄격했음에도 거기서 이따금 여자 친구와 만나 버터 섞인 꿀을 사 먹었다. 돈이 없을 때는 그냥 아카시아나무 아래 벤치에 가만히 앉아 있었다.

이제 광장은 마약상과 손님의 차지가 되고 말았다. 어린 여자들은 주사를 맞기 위해 몸을 팔 준비가 되어 있었다. 마약상들은 물건을 넣은 복대를 차고 어슬렁거리다가 간혹 싸움도 벌였다. 눈을 씻고 봐도 경찰은 없었다.

작고 마른 여자아이가 장사꾼한테 느닷없이 얻어터지기 시작했다. 그녀는 감히 비명을 지르지도 못했다. 남자 친구 말고는 아무도 끼어들지 않았다. 그는 마지막 남은 인간의 존엄성을 모았다.

"여자를 패냐, 이 새끼야?" 남자 친구가 이렇게 소리치고는 마약상한테 가슴을 얻어맞고 고꾸라졌다.

그날 밤 나는 한잠도 못 잤다. 남자 친구의 목소리를 잊을 수가 없었다. 술이나 약에 취한 쉰 목소리가 절망적이었지만 그래도 여전히 인간적이었다. 인간성을 내팽개치지 않았다.

"여자를 패냐, 이 새끼야?"

새벽 세 시에 호텔방 발코니로 나갔다. 멀리서 육중한 산 등성이가 어스름하게 보였다. 언덕배기에 군데군데 불이 켜 진 마을들이 도시를 휘감았다. 밤중에 아크로폴리스는 거대 한 나비처럼 반짝였다.

모두에게 내 말이 들리도록 기왕이면 크게 소리치고 싶었 다.

"그리스를 패냐, 이 새끼들아?"

하지만 그러지 않았다.

그전에는 나의 도시가 그렇게 보인 적이 없었다. 가난은 오랜 친구였지만, 그래도 이렇게 비참했던 적은 없었다. 문 닫은 가게들, 불 꺼진 길거리, 아무데서나 자는 노숙자들, 분 뇨 냄새, 여기에 한술 더해 내 가슴을 콩닥거리게 하는 폭력적 분위기. 난생처음 아테네 시내에 혼자 나가기가 두려웠다.

그렇게 치욕적일 수가 없었다. 생판 이방인이라도 된 것 같았다. 다들 내게 좋은 충고를 해줬다. 거기 가지 마세요, 돈을 너무 많이 지니고 다니지 마세요, 돈이 너무 적으면 녀석들이 열 받아서 묵사발을 만들지도 모르니까 적당히 지니고 다니세요.

어떤 녀석들이기에? 물론 가해자들 가운데 일부는 그리스인이었다. 그렇지만 대개는 이민자들이나 난민들을 염두에 둔 충고였다. 집단적인 시선은 집단적인 죄만 봤다. 그리스 국가 부채 위기가 터졌을 당시에 나도 스웨덴에서 그런 것을 느꼈다. 스웨덴에서 50년을 살았던 내가 다시 그리스인이 되어 라디오 방송국과 TV 채널을 오가며 그리스인들의 집단적 죄의식을 함께 나눠야 했다.

어느 날 저녁, 아테네의 우리 동네 광장에 있는 간이식당에 갔다. 어머니는 거기에서 사 먹는 음식을 '창녀가 먹는 밥'이라고 부르곤 했다. 닭고기구이나 돼지고기구이 같은 간편한 음식을 지칭하는 말이었다. 식당 종업원은 알바니아에서 왔지만 그리스어가 무척이나 유창했다.

"평소처럼 페타(치즈)랑 호르타(채소 무침) 그리고 레치나(와인)를 드시는 거죠?" 종업원이 웃음 지으며 물었다.

나는 거기 딱 한 번 갔을 뿐인데도 종업원은 내가 손님으로 왔었다는 사실뿐만 아니라 내가 주문했던 금욕주의적 음식까지 기억했다. 그래서 껴안아주고 싶었다. 다른 종업원보다 똑똑한 것도 아니었고 기억력이 나은 것도 아니었다.

그렇지만 그는 외국인이다 보니 야무지게 주의를 기울였던 것이다.

모든 감각을 동원해서 보고 듣고 배우고 기억했다. 쉬지도 않았다. 밤에는 토끼처럼 선잠만 잤다. 내가 봤기 때문에 안다. 사람들은 앉아서 죽음을 기다리지 않는다.

유럽이 조금 더 선의를 보여주었다면 난민들 모두 잘되었을 것이다. 그렇지만 다들 돈이나 챙기고 싶어 했다.

2부

아내의 집

아내 집에 초대받지 않은 손님

작업실에도 가지 않고 일도 하지 않은 첫날은 실컷 늦잠을 잘 수 있으리라는 생각에 기분이 좋았다. 하지만 새벽 세시에 잠이 깨고 말았다. 샛별이 너무 밝게 빛나서 마치 나를 추궁하는 듯했지만 나는 아무 변명도 내놓을 수 없었다.

다시 잠을 청했다. 기이하게도 도로 잠이 들었다. 예전이라면 두 시간 뒤에 일어나야 했지만 이제는 그럴 필요가 없었다. 시계를 곁눈질하지 않고 마음 편히 신문을 읽을 수 있겠다는 생각에 기뻤지만, 아내와도 함께해야 한다는 생각은 미처 하지 못했다. 내가 일하던 동안에는 아무 문제가 없었다. 집을 나서기 전에 내가 몸을 숙이고 뽀뽀를 할 때도 아내는 아직 이불 속에 있었다. 아내는 깨지도 않은 채 '음'이라고만 했다.

하지만 이제는 '음'이라는 소리를 내지 않고 아주 정성껏 아침을 차린다. 결코 내가 차려먹는 것처럼 간단하지 않았다. 토요일마다 나는 빵을 두 조각 구웠다. 그리고 한 조각에는 다소 저렴한 생선알 페이스트를 바르고 한 조각에는 치즈와 함께 자두 마멀레이드를 발랐다. 내가 여름마다 고틀란드섬에 가서 몸소 만드는 마멀레이드를. 당연하게도 나는 하루 일과를 준비할 때면 지도처럼 여기는 조간신문을 앞에 펼쳐놓고 아침을 먹었다.

나는 이런 아침을 굉장히 좋아했다. 아내도 그랬다. 그렇지만 이제 우리는 부엌에 함께 있었다. 아내는 붉은색 가운을 걸치고 있었다. 내가 보기에 가장 잘 어울리는 파란색 가운은 빨래더미에 있었다. 아내는 내 목덜미에 키스를 하고는 아침 의식을 시작했다.

먼저 달걀을 깨다가 소리를 질렀다. 달걀은 희한하게 작았는데도 노른자가 두 개나 들어 있었던 것이다. 우리는 고틀란드에 가면 가까운 농장에서 달걀을 사곤 했는데, 우리가 원하는 만큼 달걀을 집은 다음 통 안에 돈을 넣으면 끝이었다. 사람을 만난 적은 거의 한 번도 없었다.

우리를 잠시 감탄하게 했던 쌍둥이 노른자는 마침내 프라이팬에서 베이컨 두 조각과 만났다. 그다음에 아내는 빨간 파프리카 몇 조각, 치즈 한 조각, 빵 한 조각(매우 얇게)을 썰더니 옆에 놓인 접시에 올려놓았다.

아버지도 아주 얇은 빵이라면 사족을 못 썼다. 맛있는 음식을 즐기는 엄마는 아버지를 놀려댔다. 나도 아내한테 시비를 걸었다. 왜냐하면 나는 빵을 무척 두껍게 썰기 때문이다. 하지만 아내는 내 시비 따위에는 신경도 쓰지 않고 비타민제와 캡슐(관절을 강화시킨다고 한다)을 줄지어 세워놓더니 찻물 10리터를 끓이는 동시에 라디오를 켰다.

문득 머릿속에 내 친구 오디세아스가 떠올랐다. 그는 모든 일을 극단까지 밀어붙이는 버릇이 있었다. 그는 그리스 음식을 멀리하기로 했다면서 잠시 내 작업실에 머물렀었다. 그냥 살을 빼고 싶다는 것이었다. 그는 이스라엘군이 고안했다는 식이요법을 한 달 내내 따랐다. 오로지 오이만 먹으면서.

그러던 어느 날 도저히 더는 견딜 수가 없었나 보다. 친구는 마리아토리에트 광장의 덤불숲 뒤에 숨어 케이크 하나를 싹 먹어치우다가 현장에서 나한테 붙잡혔다.

저녁에 우리는 운만 좋으면 이기는 단순한 카드놀이를 했다. 친구가 계속 나를 이기더니 소리쳤다. "난 정말 대단한 노름꾼이라니까!"

나는 아무 말도 안 했다. 뭐 할 말이 있어야지.

어느 일요일 오디세아스를 우리 집으로 데려왔다. 친구는 우리 부부에게 저녁을 대접하고 싶어 했다. 자신의 솜씨를 보여주고 싶다는 것이었다. 아내도 기꺼이 부엌을 내주었다. 두 사람 모두 음식을 좋아했다. 그들은 떠들썩하게 놀듯이 요리를 했다. 포크와 숟가락으로 접시와 유리잔을 때리는가 하면, 냄비 안을 힘차고 열정적으로 휘젓다가 그 안의 내용물을 음식 위에 내리부었다.

"찬찬히 해!" 내가 구닐라에게 말했다. 그러자 오디세아스가 아내 편을 들었다.

"네 마누라도 음식을 즐겨야지. 왜 그래, 이 사디스트야?"

그 친구도 얼마 전에 멀리 갔다. 지인 가운데 죽은 사람이 점점 늘어났다.

내 아내를 보면 한 가지는 확실하다. 내가 먼저 세상을 뜨리라는 것. 아내는 나보다 정확히 다섯 살하고도 닷새가 더 어리고 훨씬 팔팔하다. 아내가 먹는 것만 봐도 나는 흐뭇하다. 아내는 머리를 오른쪽으로 기울이곤 했다. 머리가 길었던 시절부터 그런 버릇이 생겼다. 음식을 먹을 때는 좀 더 빨리 입을 벌리고는 네까짓 게 뭘 까부느냐는 듯이 입술에 미소를 머금으며 마치 "어디, 한번 맛이나 보자"라는 표정을 지어 보였다.

이제 아내는 신문도 나와 절반씩 나눴다.

우리는 결혼 46년 차가 됐지만 공생하는 유형은 아니었다. 모든 것을 함께하겠다는 꿈을 꾸지 않았으며, 하물며 동시에 하는 것은 말할 나위도 없었다. 우리 둘 다 독립적으로 지내기를 원했기에 그렇게 했다. 우리가 일을 하던 동안에는 아무 문제가 없었다. 구닐라가 예순 살에 은퇴했을 때도 마찬가지였다. 나는 계속 아침마다 일을 하러 갔고 구닐라는 자기가 바라는 대로 하루를 보냈다. 17년 동안 아내는 집과 조간신문을 독차지했다.

이제는 우리 둘 다 집에서 지내게 됐다. 아내는 불편해했다. 그녀는 부엌 안을 이리저리 왔다 갔다 하면서 나를 못 본 척했다. 나도 마음이 편하지는 않았다. 이 시간에는 컴퓨터 앞에 앉아서 일이라도 해야 했다.

갑자기 아내의 휴대전화가 울렸다. 아직 아홉 시도 되지 않았는데. 도대체 누가 이렇게 일찍 전화한 걸까? 내가 집을 나서기만 하면 이렇게 전화가 울렸던 것일까? 그래도 나는 아무 말도 하지 않았다. 그냥 아내에게 거실에 가서 통화를 했으면 좋겠다는 눈치만 줬다.

그러는 동안 나는 상상의 나래를 폈다. 그간 아내가 누군가를 사귄 것이 분명했다. 아마 숲속과 물가를 달리다가 다른 생기 넘치는 조기 은퇴자를 만난 것이 아닐까. 모든 모임, 저녁 오페라와 연극, 여성 동호회에서 무엇을 했을까? 젊은 시절 나는 오셀로처럼 질투가 많았다. 언젠가 아테네에서 여자 친구가 딴 남자한테 빙긋 미소 짓는 것을 보고는 가슴이 쓰라려서 까무러치고 말았다.

이미 다 지난 일이지만. 이제는 까무러칠 힘조차 남지 않았다. 늙는다는 것이 왜 좋으냐 하면 스스로의 미래보다는 남의 미래를 더 많이 생각하게 되기 때문이다. 구닐라는 일흔 살이나 먹었지만 변함없이 고왔다. 그래서 나는 행복했다. 똑같은 얼굴을 46년간이나 좋아할 수 있다는 사실도 내 인생의 엄청난 수수께끼들 가운데 하나였다.

초대받지 않은 손님처럼 내가 아내의 사생활에 끼어드는 듯한 느낌도 동시에 들었다. 다행히도 우리는, 앞서 말했듯이, 따로 방이 있었다. 그렇지만 내 방에는 잘 때만 갔다. 나는 거기서 책을 읽거나 글을 쓰거나 담배를 피우지 않았다. 그런 것은 모두 시내의 작업실에서 했다. 거기에 내 책과 음반과 담뱃대들이 있었다. 내 방은 낯설고 서글프고 조그마하게 느껴졌다.

남은 나날을 이 감방에서 보내야 하는 것일까?

가슴이 저렸다.

내가 무슨 짓을 저지른 걸까? 내 보금자리를 떠난 것은 정말 바보짓이었다.

'루터'

나한테 아쉬운 것은 무엇이었을까? 가끔, 특히 겨울에, 무엇보다도 아침에 집에서 기차역까지 1.5킬로미터를 걸어 다녔다. 아플 때도 마찬가지였다. 내 다리는 거기에 익숙해졌다. 내 영혼도 그랬다. 이웃 사람과 함께 가기도 했고 개를 끌고 나온 사람과 몇 마디 나누기도 했다. 특히 작고 호기심 많은 닥스훈트를 데리고 나오던 서글서글한 전직 은행 지점장과는 각별한 사이였다. 개는 으레 걸음을 멈추고 땅바닥에 코를 킁킁댔다. "이 녀석은 조간신문을 읽는다니까요." 은행 지점장이 사근사근하게 말했다. 학교에 가는 아이들과도 마주쳤다. 어떤 아이들은 나를 친한 삼촌으로 여기고 인사도 건넸기에 잠시 수다를 떨기도 했다. 어느 자매는 나를 '루터'로 부른다고 했다. 걔들의 엄마가 웃으면서 그 이야기를 해주었지만 어쩌다가 그런 별명이 붙었는지는 듣지 못했다. 아마 내가 아침마다 똑같은 시간에 배낭을 짊어지고 가는 모습을 봤기에 그런 별명을 붙였을 것이다.

나는 동네에서 무슨 일이 벌어지는지 잘 알아두었다. 누가 최신형 볼보를 샀는지, 누가 휴가를 떠났는지, 누가 지붕을 갈았는지, 누가 집을 팔려고 내놓았는지. 그리고 가끔은 왜 그랬는지까지 알고 있었다. 이혼을 하거나 나이를 먹어서 그러는 경우가 가장 흔했다.

나는 정원을 보면서 계절이 바뀌는 것을 알아챘다. 봄, 여름, 가을, 겨울. 꽃이 피는 사과나무, 벚나무, 배나무, 라일락, 귀룽나무. 꽃이나 떨어진 과일에서 풍기는 온갖 향기. 변화무쌍한 빛. 1968년 어느 봄날 오후 나는 늘 가던 길을 걷고 있었다. 인생의 또 다른 전환점이 내 앞에서 기다리고 있다는 것도 모른 채.

내 아내가 될 여자가 자기 집 대문 앞에서 나를 기다리고 있었다. 나는 애인의 부모를 만나려던 참이었다. 몇 년 뒤에 우리는 그 집 바로 옆의 공터에 우리 집을 지었다.

이게 내가 기차를 타러 가던 길에 머릿속에서 떠돌아다니던 생각이었다. 가끔씩 집중적으로 일을 하는 동안 나는 모든 것과 모든 이에게서 비켜나기 위해 딴 길을 택하기도 했다.

스톡홀름 남부 쇠드라 역에서 기차를 내리면 내 작업실까지 2킬로미터를 더 걸었다. 날마다 똑같은 사람들과 마주쳤다. 우리는 서로 얼굴은 알아봤지만 뭐 하는 사람인지는 몰랐다. 우리가 아직 살아 있어 갈 길을 간다는 사실이 기쁜 듯이 서로 미소를 지으며 인사를 나눴다.

시내에서는 새로운 모험을 떠나고 싶을 때면 다른 길로 들어서면 그만이었다. 초봄, 일터에 바로 가기 싫은 날에는 카타리나 교회의 공동묘지 쪽으로 발걸음을 돌렸다. 거기에는 내가 좋아했던 남자가 누워 있었다. 요한 베리엔스트롤레. 내 소설 《외국인들(Utlänningar)》을 영화로 만들었던 감독이다. 우리 두 남자는 함께 각본을 썼다. 한 여자가 한쪽 엉덩이가 드러날 만큼 커다란 구멍이 뚫린 청바지를 입고는 물을 섞은 화이트와인 한 잔을 손에 들고 아파트 안을 돌아다니는데도 말이다. 그녀는 마리루이스 에크만이었다. 내가 만났던 이들 가운데 가장 발랄하고 창의적이며 다재다능한 여자였다.

요한은 비교적 젊은 나이에 돌연히 죽었다.

나는 봄날과 죽음, 흐트러진 온갖 감정과 상념에 조금 취해서 묘지에 앉아 있는 것을 좋아했다. 내가 적어 내려갈 수는 없다 해도 모든 것에 의미가 있다는 데는 추호의 의심도 없었다.

작업실에 도착할 무렵이면 사는 것이 이미 지겨워졌다. 달리 어떻게 표현해야 할지 모르겠다. 나는 더는 아무것도 필요하지 않았다. 아니면 나에게 무엇이 필요했든지 간에 그걸 글에서 찾을 수 있었다.

이제 어디로 가지?

내 방 컴퓨터 앞에 앉아 있을 때는 생각이 그렇게 흘러갔다. 마음잡고 뭘 하질 못했다. 남들 눈에는 내가 좀이 쑤시는 걸로 보였을 것이다. 글을 쓰는 대신 날짜가 지난 고틀란드 지방신문을 집어 들었다. 그러면 지금껏 한 번도 본 적이 없는 낱말들이 눈에 띄었다. 바로 '오스토르(ostor, 크지 않다)'와 '핀고(fingå, 잘 걷다)'였다. 행복감이 한 차례 너울졌다. 도저히 저항할 수 없는 낱말들이었다. 그런 낱말은 대번에 맛보아야 한다.

"나는 잠깐 밖에서 이런 크지 않은 햇살을 맞으며 잘 걸어

볼 생각이야." 아내에게 소리쳤다. 하지만 아내는 정신없이 이메일을 보느라 내 말을 듣지 못했다.

길거리에 나가니 무엇을 해야 할지 갈피를 잡을 수가 없었다. 기차를 탈 것도 아니고 이제 어디로 가지? 정처 없이 돌아다녀야 하나? 그리고 더는 글을 쓸 작정이 아니라면 무슨 생각을 해야 할까?

머릿속을 비우고 얼마간 어슬렁거리다가 내 친구 코스타스와 동행하게 되었다. 내 방패가 되어주던 친구였지만 이제는 이 세상 사람이 아니었다.

친구는 우리가 그리스에서 군사 정부에 맞서 시위를 했을 때뿐만 아니라 덩치가 크고 힘도 세고 몸싸움도 즐기던 스웨덴과 아이슬란드 경찰관들에게서도 나를 지켜주었다. 코스타스는 많이 얻어맞았지만 나는 맞지 않았다. 한때 공사판 인부였고 등짝이 헛간 문짝만큼 넓었던 친구는 언제나 장벽처럼 내 앞에 섰다. 그는 항상 앞서갔고 늘 첫 번째였다.

이승을 뜰 때도 그랬다. 제일 먼저 갔다. 심한 병에 걸려 수척해지더니 견디지 못했다. 죽음을 목전에 두고 구차한 모습을 보이기 싫었던 모양이다. 내 짐작에는 새벽 세 시에 병실에서 홀로 죽었을 듯싶다. 우리는 친구를 기리기 위해 이 세상에 남았다.

나는 이리저리 헤매다가 우리 동네에서 멀리 떨어진 작은 마을에 다다랐다. 100여 년 전에 지어진 건물 몇 채를 제외하면 신축 고급 빌라들이 들어서 있었다.

비싼 자동차들이 빌라 앞에 주차돼 있었다. 폐가도 있었다. 지자체 당국은 그 앞에 표지판을 세워놓았다. 담장이 무너진 그곳은 마을의 학교였다. 하지만 내 마음에 와 닿은 것은 다 쓰러진 건물로 이어지는 시골길의 표지판이었다. "옛날 등굣길." 아주 잠깐 동안 숨이 멎었다.

나는 탁 트인 벌판과 밭을 지나갔다. 겁먹은 뱀처럼 시골길이 숲속으로 스르륵 사라질 때까지. 이 오솔길은 아이들의 발걸음으로 만들어졌다. 그 당시에는 아무도 학교까지 차를 태워주지 않았다. 아이들은 일주일에 여섯 번씩 스스로 이 길을 오가야 했다. 비가 오나 눈이 오나. 해가 뜨든 바람이 불든. 한 주도 빠지지 않고. 한 해도 빼먹지 않고. 오고 갔다.

나중에 이 아이들이 거의 봉건적이던 스웨덴을 현대적인 사회민주주의 복지국가로 탈바꿈시켰다.

그들의 등굣길이 아직 남아 있었다.

그 시절의 초창기 사민주의자들이라면 난민 사태에 대해 무슨 말을 했을까. 사회는 분열되었다. 어떤 이들은 난민 일에 신경 쓰고 싶어 하지도 않았다. 다른 이들은 스웨덴이 아무 유보 조건 없이 망명권을 존중해야 한다고 여겼다. 나도 이렇게 생각했다. 그렇지만 난민의 물결은 끊이지 않았다. 무척 짧은 기간 동안 16만 명의 난민이 망명 신청을 했다. 난민들의 필요보다는 공무원들의 편의를 중시하는 오래된 규칙이나 규정에만 얽매이다 보니 일 처리는 허술하기 짝이 없었다. 다들 패닉에 빠지기 직전이었다. 그러자 사민주의 정부는 사실상 국경을 폐쇄하기로 마음먹었다. 그런 조치가 불가피한 것으로 부각되었다.

나는 그런 관점에 동의하지 않았다. 그래서 할 말을 했다. 인권은 사안에 따라 협상할 수 있는 것이 아니기 때문에, 또한 온전한 인구 균형을 유지하고 노동 시장이 제대로 돌아가게 하려면 스웨덴은 가까운 장래에 이 사람들이 필요할 것이기 때문에.

내 말들은 기름진 땅에 떨어지지 않았다.

나는 이미 전에도 욕먹을 것을 각오하고 소신을 밝힌 적이 있었다. 파리에 소재한 풍자 신문 〈샤를리 에브도〉 본사가 습격당하는 끔찍한 사건 이후 표현의 자유에 대한 논쟁이 불붙었던 때였다. 이 문제에 대한 스웨덴의 전통은 어마어마하다. 주도적인 의견은 사람들이 말을 하는 데에는 어떠한 제한도 두어서는 안 되지만 그렇다고 특정 민족 집단을 향한 증오나 선동을 불러일으켜서도 안 된다는 것이었다.

볼테르가 두고두고 인용되었다. "나는 당신 말에는 반대하지만 당신이 말할 권리는 죽을 때까지 지키겠다." 볼테르가 치즈를 먹기 전에 이런 말을 했는지 아니면 먹고 나서 했는지는 모르겠다. 하지만 확신하건대, 그는 모욕할 권리도 있다는 의미로 이 말을 하지는 않았을 것이다.

나는 고뇌에 휩싸였다. 첫째, 나는 우리가 내뱉는 모든 말이 '의견'이라고는 생각하지 않는다. 예컨대 그리스인은 게으르다거나 유대인은 인간 이하의 존재라거나 하는 말들은 의견이 아니다. 그냥 그들이 남들과 다르니 차별해야 된다고 다그치는 소리일 뿐이다. 그리고 그들의 신앙, 신념, 가치 체계, 규범, 미적 기준, 생활양식도 그렇게 다루라는 것이다.

그러면 그들이 존립할 권리를 침해하는 것도 아주 당연시하게 된다. 그렇게 나치즘이 시작됐다. 유대인들은 인간 이하의 존재가 되었고 그들의 존립은 위협받았다. 결국 다들 유대인들을 절멸시키는 것 말고는 다른 해결책이 없다고 여기게 되었다.

한없는 표현의 자유는 자원과 권력의 문제이기도 했다. 매스미디어 시스템 바깥에 있다면 스스로를 표현할 기회가 사실상 없다.

일반적인 문제에 견해를 피력하는 것과 자기 이웃에 대해 이야기하는 것은 별개의 문제다. 모든 자유에는 타고난 한계가 있다. 나 말고 남도 있기 때문이다. 무엇을 하든 그리고 무슨 말을 하든 다른 사람의 존재를 염두에 두어야 한다. 물론 이런 것에 개의치 않을 수도 있지만, 그에 따르는 결과는 감수해야 한다. 빈정거림, 증오, 테러 또는 정규전도 일어난다. 그리고 그때가 되면 볼테르 뒤에 숨어봤자 아무 소용도 없다.

우리가 서로를 이해하고 싶다면 무엇보다도 다른 사람들이 있으며, 그들이 나와는 다른 원칙을 지닐 수도 있다는 점을 받아들여야 한다. 동등한 관계에서만 진정한 이해, 상호 적인 의무와 권리가 생겨난다. 내가 아테네에서 고등학교에 다닐 때 고대 그리스 시절 아테네와 스파르타의 총사령관이 시끄럽게 말다툼을 벌였다는 유명한 일화를 읽었다. 스파르 타 총사령관이 화가 나서 한 대 때리려 하자 아테네 총사령 관이 차분히 말했다. "일단 내 말부터 듣고 나를 때려!" 결국 아테네 총사령관이 말다툼에서 이겼다.

사회적 약자의 말을 들을 때가 됐다.

그리스도가 조롱받는다고 기독교도 노릇을 관두는 사람 은 없다. 무함마드가 조롱받는다고 이슬람교도 노릇을 관두 는 사람도 없다. 오히려 그 반대다. 기독교도는 더욱 충실한 기독교도가 되고 이슬람교도는 더욱 충실한 이슬람교도가 된다.

이런 단순한 문제는 웬만한 사람이라면 이해했을 테지만 일부 편집국장, 기자, 예술가는 그러지 못했다. 그들은 자신 들이 아무런 제한 없는 자유를 누린다고 생각하면서 다른 사람들을, 그리고 그들의 신념을 경멸하고 조롱하며 웃음거 리로 만들, 신성하고도 독점적인 권리를 수호했다. 그들은 자기 부대가 아닌, 다른 부대의 사병들을 함부로 대하는 하사관처럼 굴었다.

이런 오만함이 점점 내 신경을 건드렸다.

인간만이 자살한다고들 한다. 예외가 하나 있다. 전갈이다. 내가 그리스 마을에 살았던 시절에 두 눈으로 직접 목격했었다. 들불이 번지자 전갈들은 빠져나갈 곳을 찾아 나섰다. 그러나 도망칠 길이 없음을 깨닫고는 마음을 가라앉히더니 불길이 닿기 전에 스스로에게 독침을 쏘아 죽어버렸다.

어떤 민주적인 자유는 스스로를 끝장낼 수도 있다는 점에서 전갈과 닮아 있다. 민주적인 방식으로 독재 또는 전제 정치가 시작될 수도 있다. 민주주의 타도를 내세운 정당이 민주주의적 선거에서 뽑힐 수도 있다. 언론과 출판의 자유를 가지고 언론과 출판의 자유를 목조를 수도 있다. 다른 사람의 의견을 송두리째 또는 부분적으로 짓누르자는 의견을 내세울 자유도 생긴다.

이런 상황은 이제 삼척동자도 안다. 이는 '민주주의의 딜레마'라고 불리곤 한다. 파리에서 벌어진 비극적 사건은 언론과 출판의 자유에 대한 공격으로 해석되었다.

이런 관점이 올바르다고 생각하지는 않지만 옳든 그르든 간에 이 자유의 범위가 어디까지인지 토론해야 할지도 모르겠다. 이를테면 여러 문화와 사람들 사이의 평화와 대화를 중시하고 모든 사람을 똑같이 존중하는 등 더욱 중요한 가치들이 존재한다고 생각할 수 있다.

사상의 자유는 금지되어야 할 견해까지도 허용한다는 면에서 전형적인 전갈 관념이다. 개인이나 단체는 그런 권리 덕분에 생각을 표현하고, 유인물을 나눠주고, 모임을 조직하고, 때로는 반대자를 흠씬 두들겨 패다가 폭행죄로 재판을 받을 수도 있지만 어쨌든 어떤 의견을 가졌다는 것 때문에 재판을 받지는 않는다.

사회는 의견을 금지할 수 없지만 행위를 금지할 수는 있다. 육체와 정신에 차이가 있다는 전통적인 이원론에 따라 의견과 행위 사이에는 분명한 경계선을 그을 수 있게 된다.

의견이란 어떤 면에서 물리적이지 않은 현존을 지닌 것으로 여겨진다. 그런 면에서 본다면 실체가 없는 것이다. 실재하지는 않더라도 시간과 공간 안에서 일어난다. 말이란 압축된 공기다. 그래서 잡을 수가 없다.

식당 안에서 의자를 옮기면 아무 말도 하지 않더라도 무언가 바뀌었음이 보인다. 무엇인가 일어난 것이다. 행위는 의견과 달리 물리적인 현실이다.

그런데 정말 그런 걸까?

내 외할머니는 철학자가 아니었다. 그런데도 "말은 뼈가 없지만 뼈를 부러뜨릴 수 있어"라고 말씀하시곤 했다. 외할머니도 우리 모두가 아는 것을 알고 계셨다. 말이란 엄청나게 날카로운 칼보다도 더 큰 아픔을 줄 수 있고 더 큰 상처를 만들 수 있다. 무엇인가 말하는 것과 무엇인가 행하는 것은 외할머니께 똑같은 일이었다.

외할머니는 철학자가 아니셨으니 당신 이름조차 쓰지 못했다. 그래서 십자가로 서명을 대신하셨다. 몸집이 작고 병약하셔서 마흔 살이 되기도 전에 이가 몽땅 빠졌다. 그래서 딱딱한 식물 뿌리를 잇몸으로 씹으셨다. 당시 세 살이던 나도 마찬가지였다. 달리 먹을 음식이 없었기 때문이다. 때는 1941년, 음식을 모조리 먹어치운 것은 메뚜기가 아니라 적군이었다.

외할머니는 두 차례의 세계대전, 여러 차례의 발칸 전쟁,

한 번의 내전을 겪으셨다. 내 아버지가 나치에 끌려가 행방이 묘연했을 때 외할머니가 찾아 나섰다. 외할머니가 마련한 식량은 빵 한 조각에 올리브와 양파 약간이었다. 집에서 멀리 떨어진 감옥에서 아버지를 찾아내셨지만 경비병이 들여보내주지 않았다. 그렇지만 정문 앞에 서서 사위를 만나기 전에는 한 발짝도 움직이지 않겠다고 말씀하셨다. 그들은 마침내 손을 들고 말았다.

어떻게 그런 일을 해냈느냐고 사람들이 물어보면 외할머니는 아무 말씀도 하지 않으셨다. 손으로 하늘만 가리키셨다. 믿음이 있으셨다. 마을 교회의 성화들은 값나가는 것들이 아니었지만 외할머니는 목숨을 걸고 지키셨다. 집에는 작은 예배당이 있었는데 거기에 신부용 티아라와 성모 마리아 성화를 보관하셨다.

외할머니의 성화를 모독하고, 신부용 티아라와 신앙에 침을 뱉고, 외할머니의 인생을 얕잡아보는 그런 야만적 행위를 민주주의적 자유라고 일컬으려면 얼마나 멍청해져야 할까? 그러고는 자신은 아무 짓도 하지 않았다고 우긴다면?

외할머니는 키가 크지 않았지만 도덕적으로는 세상에서

가장 컸다. 내가 그 10분의 1만 되어도 참 좋겠다.

견해는 행동이기도 하지만 모든 발언이 견해는 아니다. 견해를 뒷받침하려면 논리적이고 도덕적인 논거에 바탕을 두는 한편 이미 알려진 사실을 염두에 두어야 한다.

1941~45년 아테네에서 독일 점령군이 배포한 유인물에는 그리스인들이 나무 위에 올라간 원숭이들로 묘사되어 있었다. 나는 그 유인물을 어렸을 때도 봤고 다 자라서도 봤다. 그리고 그때마다 분노와 절망에 사로잡혔다. 그 유인물을 만든 이를 내가 총으로 쏴 죽이지는 않았겠지만 그것을 예술로도, 게슈타포의 언론과 출판의 자유를 보여주는 사례로도 여길 수는 없었다. 지금도 마찬가지다.

앙겔라 메르켈의 얼굴에 히틀러의 콧수염을 그려 넣은 풍자만화가 그리스에서 유행했을 때 나는 속이 메슥거렸다. 그건 풍자가 아니다. 전쟁이다.

스웨덴에서 우리는 최악의 것으로부터는 꽤 오랫동안 비켜갈 수 있었다. 우리는 웬만큼 속물이 되어갔다. 또한 양심의 가책과 치욕과 영광을 뒤에 버려두었다. 야만인들은 계속 그럴 수 있다. 아무도 우리에게 접근하지 않는다. 누구도 우리를 욕보이지 못한다.

세상 대부분은 아직 갈 데까지 가지 않았다. 우리는 어떤 견해를 품을 수는 있지만 그것을 강제할 수는 없다. 견해는 행위일 뿐만 아니라 자주 치명적인 무기가 되기도 한다. 모든 전쟁에서는 상대방의 신념과 상징을 공격한다. 하지만 거기에도 적정선이 있어야 한다. 민주적 자유가 의미를 지니려면 자유 그 자체가 아니라 다른 상위 규범에 바탕을 두어야 한다. 어떤 자유를 지니고 어떤 자유를 포기하는지에 따라 문명이나 문화가 평가된다.

금지되지 않는다고 허용되는 것은 아니다.

국가뿐 아니라 개인에게도 가장 중요한 규범은 누구든 인간으로서 똑같은 가치를 갖고 있다는 것이다. 다른 모든 원칙은 여기에서부터 나와야 한다.

나는 이것을 주제로 글을 하나 써서 약간의 파장을 일으켰다. 작가라는 사람이 어떻게 표현의 자유를 옹호하지 않느냐는 것이었다. 여기저기서 나를 불러대기에 해명할 생각도 했다. 하지만 그러지 않았다. 그럴 마음이 싹 사라졌다.

나는 신자유주의를 지향하는 유명 논객들을 존중하고 싶

다는 생각도 없어졌다. 나는 그들이 약자들에게 좀 더 너그러워지고 공감해주기를 기대했다.

내 생각이 틀렸다.

세상은 새로운 방향으로 흘러갔다. 자본주의가 새 단장을 하고는 넓은 전선에서 승리를 거두었다. 자본이 제멋대로 할 수 있다는 것 말고는 별다른 의미가 없는 '세계화'가 길잡이 별이 되었다.

나랑 이야기를 나눴던 젊은이들 대부분은 준거로 삼을 이데올로기 없이 오로지 소유와 새로운 향락만을 좇는 사회에 염증을 느꼈다. 그들은 탐색에 나서지만 자신들이 찾던 것을 발견하지는 못한다. 전통적인 좌파는 예전의 광채를 잃어버렸다. 녹색당은 길을 잃고 헤매고 사회민주주의는 먹다 남은 음식 말고는 대접할 것이 없었다. 결국 남은 것은 극우파 운동, 아니면 호전적인 이슬람교도들뿐이었다. 젊은 남녀들이, 일부는 스웨덴에서 태어나고 자랐는데도 이슬람 테러 단체인 ISIS에 제 발로 찾아갔다.

내 세대의 그리스인들은 가난에서 벗어나려고 고국을 떠났다. 스웨덴 젊은이들은 유럽에서도 부유하고 현대적인 나라로 손꼽히는 이곳을 떠난다는데…… 어째서일까? 어쩌면 오래된 자유의 나라를 몰라보는 것일 수도 있다. 하지만 분명한 것은 스웨덴이 모든 것을 팔려고 내놓은 시장이 되어버렸다는 사실이다. 물론 누구에게나 팔려고 내놓은 것은 아니었다.

사르트르라면 뭐라고 말했을까? 사람은 뜻있게 죽든가 헛되이 죽는다. 스웨덴 출신 자원자들은 뜻있게 죽기를 택했다.

나는 오래전에 인간은 살기보다는 죽기 위해 삶의 의미가 필요하다고 쓴 적이 있었다. 혹시라도 자기가 믿는 것 때문에 죽는다면 명예로운 일일지도 모르지만 그것 때문에 남을 죽인다면 명예가 아니다.

삶은 끝나기도 하고 이어지기도 한다. 하늘나라나 극락도에서가 아니라 우리의 행동에 따라서 말이다.

오늘밤 죽는다면 어떻게 될까

언제나 아늑한 시간인 저녁이 오기를 기다리며 한참을 산책하는 동안 그런 생각이 뇌리에서 떠나지 않았다. 구닐라와 저녁을 먹으면서 우리 자식들과 손주들 얘기, 세상살이 얘기를 나눴다. 텔레비전에 볼 만한 프로가 있는지도 물어봤지만 범죄 드라마를 좋아하지 않는다면 별로 볼 만한 것이 없다는 대답이 돌아왔다.

내가 파이프 담배를 피우러 발코니에 나간 사이 구닐라가 컴퓨터 앞에 자리를 잡았다. 나는 담배를 끊어야 했다. 허파가 쿵쾅거렸다. 옛날만큼은 아니지만. 내가 담뱃대와 결혼한

지도 45년이 됐다. 이제는 담배를 아내가 아닌, 애인 정도로 삼으려던 참이었다. 그런데 저녁을 먹고 나서는 도무지 그렇게 되지 않았다.

나는 발코니로 나가 호라티우스의 시구를 읊었다.

"제우스가 너에게 몇 번의 겨울을 주었는지 모르는구나. 이번이 마지막일 수도 있어."

물론 호라티우스의 시구처럼 티레니아해에서 파도 소리를 들을 수는 없었지만 이웃집에서 새어 나오는 불빛, 이파리들이 달달 떨리는 사시나무, 다른 나무들보다 높게 자라려는 전나무를 볼 수 있었다. 나는 조용하고도 차분하게 혼잣말을 했다.

"오늘밤 죽는다면 어떻게 될까? 이 불빛과 나무들을 지난 수년간 봐왔지. 죽더라도 그것들이 생각날 거야. 삶이란 꿈이 아니거든. 시간과 빛 사이의 그림자일 뿐이지. 죽음은 아무것도 앗아가지 못한다니까. 너는 즐거움이라면 모두 맛보았잖아. 너는 아내가 너의 아이를 낳는 것도 보았고 네 아들과 딸이 어른이 되는 것도 보았으니까. 벚나무가 자라는 것도 보았고, 파도에 반들반들해진 조약돌도 보았으며, 서로서로 똬리를 틀고 있는 뱀들도 보았지. 이 세상이 너에게 줄 게 또 뭐가 있을까? 너의 포도주를 마시고 '세상에'라고 외친 다음 눈을 감아라. 네가 오늘밤 죽는다고 해도 아무것도 바뀌지 않을 테고 아무것도 잃어버리지 않을 테니까."

나는 이렇게 스스로에게 말하고는 차분해졌다. 매일 저녁 발코니에 나갈 때마다 죽음과 타협을 했고 이튿날 아침이 되면 잊어먹었다. 언젠가 내가 죽는다는 의심할 여지가 없는 유일한 진실에는 내 손길이 뻗치지 못했다. 나는 그것을 이해했다가 이내 잊어버렸다. 그러면 아침마다 밥벌이를 꾸리고 명예를 얻으려는 분투가 새로이 시작되었다.

이따금 구닐라가 무슨 생각을 하느냐고 물어보았다. 나는 최대한 덤덤하게 내 죽음에 대해 생각한다고 대답했지만 실은 내가 무슨 말을 하는지 나도 몰랐다. 죽음은 끊임없이 우리 곁을 맴돌고 언제나 불가사의하다.

화창한 어느 날에 나는 아내를 잃을 것이다. 아침마다 아내의 발이 악마의 발톱처럼 이불 밖으로 삐죽 튀어나온 모습을 더는 보지 못할 것이다. 구닐라는 항상 그렇게 잔다. 한쪽 발을 이불 밖에 내놓고.

자식들과 손주들도 잃을 것이다. 더 많은 상실을 겪지 않도록 내가 먼저 가는 게 최선이다. 나의 가슴속에는 내가 사랑했으나 이미 떠나버린 사람들의 작은 묘지가 있다. 아버지와 어머니, 요르고스 형, 친구들. 어떨 때는 그들 때문에 화가 났다.

친구 디아고라스를 예로 들어보겠다. 우리는 열두 살 때부터 알고 지낸 사이였다. 어느 날 우리는 알렉산드라스 거리에 있는 단골 카페 소니아에서 디아고라스가 총감독을 맡은 연극과 앞으로 펼쳐질 공연, 그리고 날마다 우리를 휘감던 외로움을 화제 삼아 노닥거렸다. 친구는 심장 수술을 두 번받고도 여전히 술도 마시고 담배도 피웠다. 우리끼리 눈빛이마주칠 때면 말은 안 했지만 서글프고 애잔한 느낌이 들었다. 그러고 나서 우리는 헤어졌다. 친구는 일하러 갔고 나는스톡홀름으로 돌아왔다.

똑같이 절친한 친구이자 유명한 배우인 야니스 페르티스가 석 달 뒤에 전화를 했다. 디아고라스가 세상을 떠났다는것이었다. 심한 고통 없이 갔다고 했다. 그러고는 야니스가물었다. 장례식에 올 거냐고. "근데 야니스, 나는 스웨덴에 있어." 내 대답이었다.

그렇게 됐다. 나는 어딘가에 있었다.

지난 15년 동안 나는 언제나 어딘가에 있었다. 야니스에게 나 대신 관에 꽃 한 송이를 놓아달라고 부탁했다. 야니스는 추도사에 내 이름도 넣겠다고 약속했다. 추도사 같은 것을 하는 친구가 아니었는데 말이다. 우리의 인생에서 가장 길고 아름다웠던 대목이 디아고라스의 죽음으로 마무리되었으므로 여기에 그 이야기를 쓰고자 한다.

우리는 고등학교 1학년 때부터 친구였다. 놀랍게도 우리는 살면서 무엇을 하고 싶은지를 알고 있었다. 디아고라스는 연극이나 영화 감독이 되고 싶었고 야니스는 배우가 되고 싶었으며 나는 작가가 되고 싶었다. 그때 우리의 신은 예술이었다.

어느 날 저녁 나는 아테네의 선술집에서 추도사를 읽었다. 야니스의 아내 마리나는 자기가 그린 아름다운 성화를 나에게 선물했다. 그림에 나오는 '난롯가의 세 소년'은 불타 죽은 젊은 기독교 순교자들이었다. 나는 이미 울컥했고 하늘이 우리를 굽어보고 있다는 느낌이 들었다.

"나의 벗 디아고라스에게,

자네는 수요일 아침 일찍 떠났더구먼. 자네에게 사과하고 싶어. 저녁에는 그 사실을 벌써 잊어버렸거든. 나는 극장에 가서 매표원에게 관객이 있는지 물어보고는 아무 일도 일어나지 않은 것처럼 내 배역을 연기했어. 그리고 집에 돌아와서도 자네가 떠났음을 계속 까먹었어. TV로 축구 경기를 보느라고.

내 어머니, 아버지, 형 때도 그랬듯이 앞으로 살아가는 동안 자네와의 추억은 점점 희미해질 거야. 내가 그걸 모르는 척할 수는 없지. 그렇지만 내가 자네를 떠올릴 때는 수십 년의 시간을 거슬러 올라가 우리가 함께 고등학교에 다니던 시절로 되돌아가겠지. 열일곱 살에 우리는 사랑하는 친구이자 작가인 칼리파티데스와 함께 한밤중에 몰래 집을 빠져나와 알렉산드라스 거리에서 밤새도록 장사하는 카페로 갔잖아. 우리는 커피를 마시고 담배를 피웠지. 그렇지만 가장 중요한 게 뭔지 아나? 우리가 밤새도록 연극 얘기만 했다는 거야.

우리는 부모님들에게 들키지 않도록 몰래 각자의 집으로 기어 들어가서 서너 시간쯤 자고는 아침에 함께 학교로 갔지. 물론 내가 땡땡이를 치지 않았다면 말이야."

나는 잠시 숨을 돌렸다. 우리의 정진, 욕망, 불굴의 의지가 생각났다.

그건 모두 어디로 갔을까?

디아고라스는 죽을 때까지 그걸 모두 갖고 있었다. 쉽게 흥분하는 성격까지도.

"그래서 테오도르와 내가 자네를 화나게 하려고 음모를 꾸몄다네. 아직도 머릿속에서 훤히 보이네. 자네가 우리를 상대하기도 싫다면서 20미터쯤 앞서 가고 우리는 뒤에서 웃음을 터뜨리던 장면 말이야. 잘 가게, 나의 벗이여!"

나도 그 모습이 떠올랐다.

면목 없게도 장례식에 함께하지 못했지만 디아고라스는 나를 용서했을 거라고 확신한다. 왜냐하면 그 친구는 용서도 잘하니까. 그리고 시간이 흐르면 우리도 따라갈 테지만 물론 그때는 웃지 않을 것이다.

내 뒤에 남겨질 사람들도 문제였다. 가장 크게 고통을 겪을 나의 어머니는 이미 세상을 떠나셨다. 구닐라는 얼마간 슬픔에 잠겨 있을 것이다. 내가 없음에도 며칠 동안은 저녁을 먹으라고 나를 부를 것이다. 자식들은 자신들이 싫어하던 내 농담이라든가, 카드놀이 중에 내가 썼던 속임수라든가, 더블베드에서 벌였던 씨름이나 몸싸움이 생각날 것이다. 하지만 현재가 모든 시간을 차지하니, 세월이 지나면 슬픔도 누그러든다. 죽은 사람들은 날이 갈수록 죽음에 가까워지다가 마침내 발코니에 수수하고 작은 깃발을 걸어 고인을 기리는 생일날 외에는 완전히 잊힐 것이다. "아버지는 오늘 아흔다섯 살이 되셨네." 모두가 케이크를 먹고 커피를 마시기 전에 구닐라가 말할 것이다.

그럼 손주들은? 손자가 아주 자세히 얘기해준 적이 있었다. 그때 손자는 열세 살이었고 우리는 포뢰섬으로 소풍을 갔었다. 나는 학창 시절에 대해 들려주면서 내가 삐쩍 말라 거죽만 남았다며 나를 '홀껍데기'라고 부르던 고등학교 선생 얘기를 했다. 손주들은 웃음을 터뜨렸다. 그러고 나서 손자가 말했다. "할아버지 장례식 때는 제가 추도사를 낭독할게요. 다른 사람들은 책 이야기만 할 테니까요. 저는 할아버지의 선물에 적힌 시구 말고는 할아버지의 글을 한 줄도 읽

지 않았어요. 그래도 제가 아는 사람 가운데는 할아버지가
제일 재미있어요. 저는 그 이야기를 할 거예요."

　손자의 말에 나는 눈물을 글썽였다.

돌아와요. 우리는 아직
산책할 길이 많이 남았잖아요

이민은 부분적인 자살과 같다. 정말 죽는 것은 아니지만
내면의 많은 부분이 죽는다. 특히 언어가 그렇다. 그래서 나
는 스웨덴어를 익힌 것보다는 그리스어를 잊어버리지 않은
것이 더욱 뿌듯하다. 스웨덴어는 필요의 산물이었고 그리스
어는 사랑의 몸짓이었다. 망각과 무관심을 딛고 일어선 승리
였다.

나는 검은 돌을 등 뒤로 던졌다. 내가 살던 마을에서는 모
든 것을 뒤로하고 떠나기로 마음먹었을 때 그렇게들 한다.
나는 여전히 잊지 못했다. 그리스도 멀고 그리스말을 하는

사람도 없다 보니 날이 갈수록 허전해졌다. 고국을 떠나기 전에 애인이었던 마리아의 편지 몇 통이 서랍 안에 들어 있었다. 편지들을 꺼내서 천천히 읽었다. 청춘의 사랑을 추억하려는 것이 아니라 마리아의 그리스어를 만끽하기 위해서. 왜냐하면 그녀는 내 머릿속에 지뢰를 숨겨놓았기 때문이다.

"돌아와요. 우리는 아직 산책할 길이 많이 남았잖아요."

우리는 더 이상 연인이 아니었지만 마리아는 그렇게 말했다. 우리는 연인보다 소중한 관계였기 때문이다. 우리는 친구 이상의 친구였다. 나는 내 언어의 맛을 보기 위해 마리아의 편지를 읽었다. 나의 모든 갈망을 버렸을 때도 나의 언어에는 미련이 남았다. 아쉬움은 그대로 남았을 뿐만 아니라 세월이 갈수록 더욱 커졌다.

일상에서도 마찬가지였다. 스웨덴에서 수십 년을 살다 보니 증류되어버린 그리스어라도 몇 마디 주고받으려는 생각에 그리스 친구 요르고스에게 아무 핑계나 대고 전화를 걸었다.

"이봐, 사장님, 어떻게 지내나?"

자동차 수리공인 요르고스는 내 차도 손봐주었다.

"염병할! 여기 앉아서 죽기만 기다리지."

사실 의사들이 보기에는 딱히 문제가 없었다. 그렇지만 요르고스는 이제 도움을 받지 않고는 걸을 수도, 운전할 수도 없었다. 내 평생에 그렇게 운전 잘하는 사람은 본 적이 없다. 주저 없이 말할 수 있다. 그는 1센티미터만 틈이 있어도 앞차를 전속력으로 따라잡을 수 있었다. 정비소는 출입구가 매우 좁았다. 물론 대부분의 사람들이 차를 몰고 들어갈 수는 있었다. 그런데 후진이라면 얘기가 달라졌다. 우리는 요르고스한테 맡겼다. 그러면 그는 고속도로를 지나가는 것처럼 달렸다. 그렇지만 이제는 운전을 할 수 없었다. 이 친구가 마지막으로 사랑했던 올리브색 사브는 350마력까지 내도록 개조되었지만 이제는 그저 차고 안에 갇힌 신세가 되었다. 친구는 정기적으로 그 차를 보러 차고에 갔다.

요르고스는 느긋한 성품인데도 그런 상황을 받아들일 수 없었다.

"그거라도 팔아치우면 마음이 편해질 텐데." 나는 이렇게 말해주곤 했다. 우리는 몇 차례 차고에 같이 갔다. 자동차는 먼지가 쌓이지 않도록 방수포를 덮어놓았다. 방수포를 벗은

차는 반짝반짝 빛났다.

"이걸 사려는 사람은 없을걸. 기름을 너무 많이 먹거든."

그는 이 사브를 몰고 독일까지 가곤 했었다. 거기서 벤츠나 베엠베(BMW) 같은 온갖 중대형 차들과 앞서거니 뒤서거니 했지만 끝끝내 누구한테도 따라잡히지 않았다.

"여보, 천천히 좀 가요." 그의 아내가 빌다시피 말했다.

"당신은 전쟁 때 이놈들이 우리한테 어떻게 했는지 모르나 보군." 그가 이렇게 대답하고 액셀을 밟으면 올리브색의 스웨덴제 페가수스가 추격자들을 따돌리고 저만치 날아갔다.

이제 모두 지난 일이지만. 그는 지쳤다면서 정비소를 팔겠다고 했다. 그러고는 두 손을 내보였다.

"이제 이 손으로는 아무것도 할 수 없어."

꼭 그런 것은 아니었다. 이제 요르고스는 전화번호부를 찢지는 못했지만 그래도 여전히 그와 악수를 하면 손이 아팠다.

우리 둘이 처음 만난 것은 1966년이었다. 이름이 똑같은 사람과 정비소를 꾸렸는데 무슨 이유에서인지 다른 요르고스는 업주라 부르고 스스로는 일꾼이라고 불렀다. 나는 일꾼 요르고스를 사장이라 부르고 업주는 그냥 요르고스라고만 불렀다. 정비소는 스톡홀름의 그리스인들 사이에서 사랑방 구실을 했고 나는 두 사람 모두에게 엄청나게 정이 들었다.

그리스를 떠난 이래 나는 형 같은 사람을 무의식적으로 찾아다녔다. 더 굳세고 듬직하고 씩씩한 누군가를. 하지만 나보다 똑똑한 누군가를 찾기란 쉽지 않았다. 물론 스스로 그렇게 말하려니 좀 멋쩍기는 하지만, 어차피 다른 사람이 그런 말을 해주지는 않을 테니까 그냥 내가 말해야겠다.

이 정비소는 독재 시대에 스톡홀름에 살던 민주주의 성향의 그리스 사람들이 모이는 중심지가 되었다. 특히 업주 요르고스는 뜻밖의 재능을 보여주었다. 얼마 후에 그리스의 민주주의 투쟁에 앞장서는 선봉장으로 자리매김했던 것이다. 그는 독재체제가 무너진 다음에도 정비소를 내팽개치고 정치 활동을 이어나가더니 다시는 돌아오지 않았다.

홀로 남은 일꾼 요르고스는 정비소를 시내 가까운 곳으로 옮겼다. 우리는 다른 소일거리가 없을 때면 거기로 갔다. 거기에는 언제나 커피가 있었고 우리는 수다를 떨었다. 택시 기사들은 야간 근무 중에 겪은 흥미진진한 기담을 들려주었다.

"스톡홀름은 새벽 한 시까지는 스톡홀름이지요. 그런데

한 시가 넘으면 소돔과 고모라가 된다니까요."

정비소에는 자동차가 없는 사람들도 왔다. 그들은 딱히 자동차를 살 생각도 없고 살 능력도 없었다. 어떤 나이 지긋한 터키 사람을 예로 들어보자. 그는 크고 해맑은 눈망울에 목소리가 부드러웠지만 잔기침을 해대곤 했다. 어쩌면 그래서 일찍 은퇴를 한 것 같았다. 혈혈단신 외톨이로 살면서 책을 약간 읽고 말수도 많은 편이 아니었다. 하지만 가만 보면 요르고스와 죽이 잘 맞았다. 나중에 그는 일등 커피 조제사로 불리게 되었다.

그 터키 사람을 보면 외할머니가 떠올랐다. 특히 앉아 있는 모습이 똑같았다. 흔들림 없이 반짝이는 눈빛으로 양손을 포개고는 허리를 꼿꼿이 세우고 앉았다. 아무것도 그들의 완벽한 평정을 흩뜨리지 못했을 것이다. 모든 것을 견디면서 어느 순간에 무슨 일이 생기든 준비가 되어 있어야 한다는 통찰에서 나온 '약자의 힘'이라고 부르고 싶다. 이런 사람들은 세상을 다스릴 수는 없어도 스스로의 두려움을 다스릴 수는 있었다.

그다음에는 유대인이 찾아왔었다. 정말 유대인인지는 모

르지만. 대부분의 우리와 달리 교육을 잘 받았기 때문에 그런 별명으로 불렸다. 판사였다는 소문도 돌았기에 우리끼리 사사로운 실무적 또는 이념적 문제로 다툼이 벌어지면 그를 불러들이곤 했다. 그도 혼자 살았지만 '저승길에 나서면 맞아줄 벗들'이 함께한다고 말하곤 했다.

홀로 지내는 여인들도 있었다. 나이 든 여자들이 망가진 자동차를 끌고 요르고스의 정비소로 찾아왔던 것은 한편으로는 거기가 값이 쌌기 때문이고, 한편으로는 이따금 손님의 형편이 어려워 보이면 아예 돈을 받지 않았기 때문이다. 그 중 하나가 요르고스와 내가 함께 있는 모습을 사진으로 찍은 적이 있었다. 머리가 희끗희끗한 우리 둘이 '함께 있는 모습이 참 아름답기' 때문이라고 했다. 그런 사람에게 어떻게 수리비를 내라고 말하겠는가?

우리 가운데 어느 누구도 요르고스가 은퇴하기를 바라지 않았다. 하지만 결국 요르고스는 유고슬라비아 사람에게 정비소를 팔고 은행에 돈을 넣고는 집으로 돌아갔다.

"손을 씻어야겠어." 요르고스가 말했다.

그런데 일주일 뒤에 그에게 첫 번째 증상이 나타났다. 크고 작은 통증이 여기저기 생겼던 것이다. 가끔은 어질어질하고 피곤했으며 혀가 굳어 말을 하기도 어려워졌다. 어느 날 우리는 함께 점심을 먹었다. 작업복 대신 재킷에 와이셔츠를 입은 모습은 처음이라서 그를 금세 알아보지 못했다. 그는 나에게 웃음을 지으며 다가왔지만 조심스러운 발걸음이 걱정스러울 지경이었다.

그는 자기가 점심을 사겠다고 바득바득 우겼다.

"잘 좀 먹어둬. 살 좀 찌워야지. 이 말라깽이 글쟁이야."

"의사들은 뭐래, 요르고스 사장?"

"아무 말도 안 하지. 날씨 얘기만 한다니까. 내가 배기가스를 너무 많이 들이마셨다는군. 슬슬 좋아지겠대."

하지만 좋아지지 않았다.

결국 우리 인간은 나이를 먹는다. 그러니 일을 하면서 나이를 먹는 것이 가장 좋다. 나도 거기서 뭔가를 배웠어야 했는데 그러지 못했다. 그래서 결국은 무슨 수를 써서라도 글을 쓰는 대신 글쓰기를 집어치우고 말았다.

내가 스물다섯 살이었을 때 인생을 어떻게 살아야 할지 스스로에게 물어봤었다. 대답은 '떠나라'였다. 그래서 떠났다. 일흔다섯 살이 넘었는데도 여전히 똑같은 질문을 앞에 두고 있었다. "나의 여생을 어떻게 살아가야 할까?" 이제는 이런 대답이 머릿속에 자주 맴돌았다. "돌아가라."

3부

여름 별장

작가가 자기 글을 감싸기 시작할 때

6월이 되었다. 도시는 서서히 비어갔다. 여름 별장이 있는 고틀란드로 떠날 때가 되었다. 아내와 나는 1971년부터 여름마다 그곳에 갔다. 당연히 지금과 비교되는 것들이 많았다.

그런데 무엇을 비교했을까? 어지러울 만큼 빠르게 돌아가는 소비사회. 혹시 지금도 모델명을 기억하는 사람이 있는지 모르겠지만 처음 몇 년간은 포드 타우누스를 몰았다. 침대보에서 주방용품까지 우리에게 필요한 것을 모두 싣고서. 우리는 집을 통째로 옮겨 나르는 셈이었지만 자동차는 잘도 굴러갔다. 그다음에 아들이 생겼고 3년 뒤에 딸이 생겼다. 딸은 자기가 가장 아끼는 화분들을 반드시 가지고 가야만 했다. 그것도 괜찮았다. 세월이 흐르면서 우리는 여름 별장에 갖다놓을 물건들을 사들였다. 그냥 우리가 평소에 지내는 집과 다름없었다. 더 큰 자동차도 샀다. 그리고 차가 터질 만큼 짐을 잔뜩 실었다. 아이들은 화분을 품에 안고 차에 올랐다. 몇 년 뒤에 차를 한 대 더 샀지만 물건을 실으면 두 차 모두 몇 센티미터의 빈틈밖에 남지 않았다. 이제 다 자란 아이들은 더는 고틀란드에 따라오지 않았다. 우리 부부는 예전처럼 각자의 차에 물건을 싣고 고틀란드로 갔다.

우리에게는 완벽하게 꾸며진 집이 두 채 있었지만 자동차의 짐은 전혀 줄지 않았다. 처음에는 맥주도 한 캔 가져가지 않았지만 나중에는 고틀란드에는 팔지 않는 포도주를 가져갔다. 여름밤에 저녁 식사에 곁들일 위스키와 브렌빈(독주)도 챙겼다. 화분은 더욱 늘어났다. 거기에 빠지면 허전할 여러 가지 단것, 점점 늘어날 이런저런 사교 행사에 입을 옷가지도 챙겨 갔다. 우리는 세례식, 결혼식, 장례식에 돌아다녔다. 저녁 식사에 사람들을 초대하거나 우리가 초대받았다.

우리가 머물던 다소 적막한 곳은 더 이상 그렇게 쓸쓸하지 않았다.

우리는 휴가를 갔던 것이 아니다. 그저 겨울나기를 하듯이 거주지를 바꾸어 여름을 났을 뿐이다. 우리는 언제나 손님을 맞았다. 아내는 시골벽적함을 좋아했다. 나는 고독을 선호했다. 게다가 나는 무척 빨리 지치다 보니 좋은 친구들과 함께 있을 때조차도 시계를 흘끗흘끗 쳐다봤다.

그런 이유로 우리는 내 작업실로 사용할 작은 집을 지었다. 어느 날 나는 바닷가에서 길쭉한 나뭇조각 하나와 마주쳤다. 바닷물에 닳고 닳아 대리석처럼 보이는 나뭇조각이었다. 구닐라는 그 위에 '테오의 집'이라고 썼고 나는 그걸 예쁜 하늘색 문에 걸었다. 그러고는 집 안에 들어가 컴퓨터 앞에 앉았다.

세 시간 동안 컴퓨터 앞에 앉아 있었지만 아무 말도 써지지 않았다. 진짜 '나'는 문에 걸려 있고 나는 그 복제품처럼 느껴졌다.

표찰을 떼어내 진짜 '나'를 겨드랑이에 끼고 다시 방에 들어갔다. 15분 만에 한 페이지를 썼다.

그게 바로 그때 나에게 모습을 드러낸 단순한 진실이었다. 자기 글을 감싸기 시작할 때, 작가가 되기 시작할 때, 스스로 벽에 이름을 걸어놓을 때, 이미 끝난 것이다. 샘물도 글쓰기와 같은 식으로 흘러나온다. 환상적인 장식을 두르고, 아름다운 연못을 만들고, 멋진 나무를 심을 수도 있다. 하지만 그런다고 물이 솟아나지는 않는다. 땅속의 어둠에서 가해지는 압력이 없다면 말이다.

작가로서 팔짱을 끼고 달걀이 삶아지길 기다리기만 하면 된다고 결론 내리지 마라. 끊임없이 읽고 써야 한다. 대다수의 본성에는 맞지 않겠지만 다른 작가를 인정할 줄도 알아야 한다. 진열창이 보이는 대로 무작정 들어가지 말고 물러서는 법도 익혀야 한다.

이렇게 우리가 머물던 섬은 내게 이상적인 훈련소가 되어주었다. 수첩을 들고 나만의 휑뎅그렁한 해변을 어슬렁거렸다. 주변의 모든 것이 여느 때와 다름없었다. 어쩌다 나 때문에 작은 도마뱀이 놀라서 도망가기도 했지만 그게 다였다.

지켜보는 눈이라고는 바다와 하늘밖에 없는 그곳에서 나는 정말 잘 쓰려고 했다. 어떨 때는 꽤 잘되었다.

하지만 더는 그렇게 되지 않았다. 나의 샘물은 말라버렸다. 그 주위에 왕릉 같은 것을 세웠을 수도 있었겠다. 아무 소용도 없었을 테지만. 내 것이던 해변 가까이에 젊은이들과 부자들을 위한 작지만 호화로운 주택들이 지어졌다. 식당, 연주회장, 전시회장 등도 속속 들어올 예정이었다. 승객들의 웃음소리가 요란한, 커다란 요트들과 아무 웃음소리도 들리지 않는 모터보트들이 서로 바다를 차지하기 위해 싸웠다.

사회는 방향을 바꿨다. 점점 소비와 향락을 좇았다. 가장 가까운 도시인 포뢰순드에서 그런 경향이 더욱 두드러졌다. 1971년에 우리가 처음 방문했을 때도 그곳에는 사회적 기능이 구색을 갖추고 있었다.

학교, 도서관, 진료소, 한 명의 의사, 세 개의 은행, 세 개의 식품점, 배차 시간이 짧은 일반버스와 스쿨버스, 세 개의 식당, 현지 로터리클럽의 회의가 열리던 오래되고 멋진 호텔이 있었다. 서점도 하나 있었다.

경제활동의 지렛대인 해안 포병 연대가 거기에 주둔했다. 포병들은 우리 집터와 맞닿은 붕에네스 훈련장에서 훈련을 받았다. 내게는 군대의 규율이 그렇게 인상적이지는 못했다.

내무반은 시끌벅적했고 군인들은 군용 차량으로 마을의 비포장도로를 전속력으로 달렸다. 거의 600명의 직업 군인과 함께 50명의 군무원, 상인, 기술자가 포뢰순드에 상주했다.

당시 고틀란드와 포뢰는 중요한 군사 지역이었다. 도처에 출입 금지, 촬영 금지 같은 이런저런 금지 표지판이 널려 있었다. 아예 어떤 구역에는 외국인의 출입이 금지되었을 뿐만 아니라 토지 매입도 불가능했다.

우리 부부는 아내 명의로 집을 샀다. 내가 거기에 있으려면 허가를 받아야 했다. 마을에서 가장 아름다운 단독주택에 살던 연대장에게 허가를 얻으면 되었다. 그래서 구닐라와 나는 그 집으로 가서 몇 분 동안 유쾌하게 대화를 나눈 다음에 허가를 얻었다. 내가 그리스에서 병역 의무를 마쳤으니 조국을 저버린 것은 아니라는 말을 듣고 연대장은 나를 믿어보기로 마음먹은 듯했다. 사실은 28개월간 복무했지만 말이다.

포뢰순드의 사회생활은 군대를 중심으로 돌아갔다. 모든 이가 존중하는 서열이 있었다. 여기에 위협이 되는 것은 08번들이었다. 08번은 스톡홀름 지역 번호로서 현지 주민들이 관광객을 부르는 호칭이기도 했다.

포뢰가 사람들을 끌어들이는 진짜 자석이긴 했지만 어쨌든 고틀란드섬 전체로 사람들이 몰려들었다. 점점 많은 외지인이 여름 별장을 사들이거나 지었다. 뉘네스함에서 비스뷔까지 오가는 여객선에는 유명 인사와 인기 연예인이 득시글거렸다. 언젠가 한번은 올로프 팔메 총리가 책상다리로 앉아서 리스베트 팔메 여사가 만든 샌드위치를 아들들과 함께 먹는 모습을 보기도 했다. 당시에도 총리였지만 경호원은 하나도 없었고 부둣가에 대기 중인 자동차도 없었다. 누가 봐도 가족과 함께 휴가를 보내는 스웨덴 아빠일 뿐이었다. 스웨덴은 그때까지는 순진무구했다. 그것이 오래가지는 못했지만.

베트남 전쟁이 내 세대를 깨웠다. 대도시들에서 벌어진 시위가 두메산골로까지 번졌다. 섬에서는 평화 운동이 조직되어 모든 군부대를 다른 곳으로 옮기는 비군사화를 요구했다. 우리는 아이들을 업고 행진을 벌였으며, 플래카드와 포스터도 제작했다. 참여자가 그렇게 많지는 않아 조촐한 분위기였다. 말하자면 일종의 혁명적인 휴가였다.

어느 날 저녁 짧은 행진을 마친 뒤에 우리는 새로 개업한 식당에 모였다. 이곳에 올로프 팔메가 나타나 몇 마디를 했다. 이 비범한 정치가는 나의 데뷔 시집을 읽고 와서는 어깃장을 놓기 위해 한 구절을 인용했다. 이제는 그 시를 보면 낯부끄러움에 얼굴이 달아오르지만 그때는 내가 썼던 것을 온전히 믿었다. 늙는다는 것에 의미가 있다면 젊은 날을 되돌아보며 부끄러워할 기회를 주는 것이라는 생각이 이따금 든다.

어쨌든 그날 저녁은 팔메 덕분에 기분이 좋았다. 나의 새로운 나라는 내 말에 기꺼이 귀를 기울여주었으니까.

베트남 전쟁은 끝났다. 좌파는 별안간 황소 없는 투우사가 되어버렸다. 우리는 가두시위를 멈추고 집 안으로 들어가 문을 잠그고는 우리의 가정을 돌보면서 복잡한 요리를 만드는 법과 포도주 고르는 법을 익혔다. 새 출발을 하기 위해 이혼을 하기도 했다. 예전에는 아무리 그럴싸한 이유가 있어도 이혼을 하지 않았지만 이제는 무슨 이유가 있든 이혼을 하게 되었다. 우리는 시민이었다가 개인이 되었다.

국제적인 긴장 완화와 꾸준히 늘어나는 사회 복지 사업으로 국방 부문의 예산이 두드러지게 삭감되었다. 포뢰순드에 주둔한 연대는 해체될 수밖에 없었고 우리의 희극에서 새로운 막이 열렸다. 우리는 또다시 거리로 나갔다. 이번에는 연대가 포뢰순드에 머물러야 한다는 것이 요구였다. 연대 병력이 없다면 고틀란드 북부 전체가 무너질 터였다. 은행과 학교를 비롯해 많은 가게가 문을 닫고, 의사도 나가고, 집값도 떨어지고, 부동산 가치도 내려갈 것이 뻔했다.

국방부 장관은 거침없이 말했다. "우리는 저번에도 여러분의 말을 듣지 않았습니다. 마찬가지로 이번에도 여러분의 말을 듣지 않을 것입니다." 그의 말대로 됐다.

연대는 해체되었고 우리의 우려는 그대로 들어맞았다. 실업률이 높아졌다. 그렇지만 사람들은 가만히 앉아 운명을 한탄만 하지는 않았다. 포뢰순드에는 새로운 소기업이 세워졌고, 군대 건물은 숙박 시설, 식당, 요양원이 되었으며, 민중 고등학교가 개교했고, 관광객이 늘어났다. 실업률이 내려가면서 얼마 뒤에는 기술자를 구하기가 힘들어지다 보니 이웃 지방뿐만 아니라 훨씬 멀리서도 사람들이 몰려들었다. 군사비행장도 민간인에게 넘어갔다. 새로 창업한 항공 회사는 젊은이들과 부자들을 대상으로 스톡홀름까지 가는 직항을 개

통했다. 중년 남녀가 사냥을 하거나 경비행기 조종법을 배웠다. 금욕주의적이었던 프로테스탄트 공동체의 주민들은 이제 루터를 업고 다니고 싶지 않다고 불평했다. 그 때문에 관광객으로 스페인이나 그리스에 갔을 때를 제외하면 계속 금욕주의적으로 살아야 한다면서 말이다. 마을에서는 나만 그리스 사람이었기에 다들 내게 이렇게 말했다. "선생은 인생을 제대로 살 줄 알잖아요."

이제 다들 루터를 잊어버렸다. 젊은 세대는 기껏해야 이름이나 들어봤을 뿐이었다. 물론 루터를 등에 업고 다니지도 않았다. 이제 시민의 집단 책임은 집단 책임 회피로 변모했다.

잘못을 저지르고도 이를 인정하거나 책임지려는 공직자가 지극히 드물었다. 무관심이나 냉담을 나타내는 그리스식 표현은 "어디 다른 데서 비가 오는데"다. 스웨덴은 방방곡곡에서 비가 내리기 때문에 딱 들어맞지 않을 수도 있겠지만 어쨌든 느낌은 똑같았다. 책임은 항상 다른 어딘가로 전가되었다. 게다가 이미 저질러진 과오와 잘못은 도깨비 같은 생존력을 지녔다. 말하자면 그것들을 바로잡기가 불가능했다.

지방자치제 확대로 초등학교가 망가졌다. 그건 누구나 아는 사실이었다. 하지만 아무런 변화가 없었고 어쩌면 앞으로도 바뀌지 않을 것이다. 역량과 성실성 면에서 가지각색인 각종 사립학교가 세워졌다. 결국 가정 형편이 넉넉하지 못한 아이들은 더더욱 나쁜 학교에 다니게 될 것이다. 중앙정부의 권력 분산은 민주적 계약에 어긋나는 범죄 행위였지만 아직까지 아무도 사과한 적이 없고 앞으로도 결코 그러지 않을 것이다.

이러한 몇몇 변화는 비록 규모는 작았지만 포뢰순드에도 족적을 남겼다. 어떤 것들은 살아남지 못했다. 세 개였던 은행은 하나만 남았고 스쿨버스는 사라졌으며 식료품 가게도 하나만 남았고 서점은 영영 사라졌다.

다른 변화들도 눈에 띄었다. 이를테면 현지 주민과 관광객의 관계 같은 것 말이다. 1970년대에는 그래도 인간미가 있고 약간의 친절미도 있었지만 세월이 갈수록 서로가 서로를 삐딱하게 바라보았다. 현지인들은 관광객들을 밥벌레 취급하면서도 돈은 만지고 싶어 했다. 관광객들은 현지인들을 본

척만척하고 싶어 하면서도 서비스는 받아먹어야 했다.

모순적이었다. 양심, 의무, 책임과 같은 말들은 왜곡되거나 조롱받거나 아예 사라져버렸다. 스웨덴은 무사태평한 인생에 맞들렸다. 나의 고국인 그리스는 내 두 번째 나라인 스웨덴을 닮으려고 힘썼는데, 이곳 사람들은 그리스 사람들처럼 살고 싶어 했다. 그리스에서는 스웨덴 모델을 꿈꾸었고 스웨덴에서는 아무 모범이 없는 그리스 모델을 꿈꾸었다.

우리 집에도 똑같은 문제가 있었다. 구닐라는 조직에 관한 자신의 이론을 가르치려 들었고, 나는 점차 그게 스웨덴 모델의 핵심임을 깨닫게 되었다.

"무언가를 하기 전에 다른 무언가를 먼저 해야 한다."

아내는 그런 식으로 일상을 꾸렸다. 몇 가지 예를 들어보겠다. 창문을 열기 전에는 창턱에 있는 화분을 치워야 한다. 차에 짐을 싣기 전에는 세차를 해야 한다. 이부자리를 펴기 전에는 침대보를 푹신하게 만들어야 한다. 기타 등등. 그런데 구닐라는 절대로 이런 것을 잊어버린 적이 없다.

하지만 나는 대수롭지 않은 것도 늘 잊어버렸다. 아마도 내 장화라든가 내가 읽던 소설이라든가. 구닐라는 나에게 목록을 만들라고 했다. 그래서 목록을 만들었지만 그것을 어디에 뒀는지 까먹었다.

하지만 내가 한 발짝 비켜서기로 마음먹자 내 건망증은 완전히 다른 차원으로 들어섰다. 나의 뇌는 틀린 시간에 멈추어버린 시계와도 같았다.

나는 옷가지나 약뿐만 아니라 작품 기획을 적어놓은 메모나 자료를 어디에 두었는지도 잊어버렸다. 게다가 기나긴 세월 나의 동반자였던 그리스어 사전과 스웨덴어 사전도 잊어버렸다. 그것들이 없으면 나는 속수무책이었다.

그런데 나의 반응은 정상적이지 않았다. 나한테 없어진 것을 구하려고 하지 않았다. 오히려 반대였다. 그것을 내가 글을 쓰면 안 된다는 또 다른 증거로 받아들였다. 나의 망각은 내가 스스로부터 멀어진다는 증거였다. 내가 무엇인가를 기억하지 못했다면 그것은 기억할 만한 가치가 없었기 때문이다. 내가 글을 쓰지 않았다면 글을 쓸 만한 가치가 없었기 때문이다.

"여름을 괜찮게 시작했어." 나는 구닐라에게 말했다. 아내는 기억력에는 문제가 없었지만 대신 왼쪽 무릎이 말썽이었다.

"내리막길이야." 내가 또 말했다. 아내는 아무 대답 없이 밖으로 나가 유린된 현장을 살펴보았다. 토끼들은 모든 것을 가져갔다. 하지만 나의 아름다운 이스파한 장미는 멀쩡했다.

'우리가 잘 지내려면 몸에 가시를 길러야겠군.' 나는 생각했다. 나는 가시가 돋아나지 않았다. 하지만 며칠 후에 왼쪽 관자놀이에서 멍울인지 부기인지 모를 작은 자국을 발견했다. 손가락으로 더듬거릴 때는 느껴졌지만 눈에 보이지는 않았다.

구닐라를 불렀더니 곧바로 진단을 내렸다.

"그건 망각의 자국이야." 아내는 그런 것이 내 또래 남자들에게 흔히 나타난다고 설명했다. 하지만 여자들은 거기서 비켜난다는 것이었다.

그것이 다가 아니었다. 오른쪽 손바닥에서 갑자기 뭔가 자랐다. 아프지는 않았으나 언제나 거슬렸다. 아는 의사에게 물어보았다. 젊은 여자 의사가 나를 안심시켰다. 그것 역시 해로운 것은 아니었다. 내 또래의 남자들한테는 꽤나 흔하게 생기는 것이었다. 더 나빠지지도 않을 테니 수술을 받을 필요도 없었다.

마음이 놓였다. 나는 컴퓨터 앞에 앉아 기다렸지만 아무 일도 일어나지 않았다. 한 글자도 튀어나오지 않았다. 망각의 자국을 한없이 긁다 보니 점점 커지고 있다는 생각이 들었다.

나는 슈테판 츠바이크의 책 《어제의 세계》를 집어 들었다. 작가의 마지막 작품이다. 츠바이크는 1942년 브라질에서 훨씬 젊은 아내와 동반 자살을 했다. 왜 그랬을까? 츠바이크에게 어제의 세계는 남아 있지 않았고 결코 다시 돌아올 수도 없었다. 히틀러가 영원히 끝장냈기 때문이다.

《어제의 세계》는 더없이 훌륭한 책이다. 음악적으로 부드럽게 넘실거리는 산문 앞에서는 도저히 버틸 수가 없다.

내게는 큰 위로가 되었다. 늙어가던 츠바이크는 브라질 페트로폴리스에서 고독하고 고립된 삶을 살았다. 자기가 살던 유럽으로는 되돌아갈 수 없었다. 그럼에도 자신의 가장 훌륭한 책을 쓸 힘이 있었다.

나는 무엇 때문에 투덜거렸을까? 내 상황은 극적인 것과는 거리가 멀었다. 나는 언제든 고국을 찾아갈 수 있었다. 내게는 자식들과 손주들도 있었다. 그런 인생의 유산을 뒤로하고 어떻게 스스로 목숨을 끊을 수 있을까?

맨 처음 찾아온 것은 딸과 사위였다. 자주 보지 못했기 때문에 특히 반가웠다. 딸 내외는 스코네의 토스카나*라고 불리는 뵈링에 호수 언저리의 멋진 언덕에서 살았다. 나는 한평생 그렇게 '에로틱한' 땅을 본 적이 없다. 안데르스 소른(Anders Zorn)이 그린, 목욕하는 여인 그림에 나오는 태양처럼 빛났다. 그 땅은 땀도 냈다. 그래서 메마른 나뭇가지 하나를 땅에 꽂으면 일주일 뒤에 나무 한 그루가 자라난다는 소리도 있었다.

딸 내외는 우리 집에서 거의 열흘간 아주 잘 지냈다. 그다음에 아들이 손주들을 데리고 나타났다. 집이 꽉 찼다. 물론 아이들은 지난여름에 사귄 친구들과 노느라 온종일 보이지 않았지만.

아들은 우리에게 배나무를 선물했다. 늙고 비실비실한 배나무를 없애고 새로운 배나무를 직접 심어주었던 것이다. 늙은 배나무는 한때 정원에서 가장 아름답고 열매가 많이 달

• 스코네는 스웨덴 남부 지방이고 토스카나는 이탈리아 중부의 주다.

렸으며 잎사귀가 우거졌었는데. 잠깐 짚고 넘어갈 점은 내가 배를 워낙 좋아하다 보니 선악을 알게 하는 나무가 사과나무가 아니라 배나무라고 우긴다는 것이다. 배가 익어가는 늦여름에 밤이슬을 맞은 배는 작은 해처럼 반짝거린다. 아침에 이런 배를 따다 한 입 베어 물면 턱으로 흘러내리는 과즙에서 세상과 인생의 맛이 느껴졌다.

아들이 웃통을 벗고 부지런히 땅을 파는 동안 나는 멍하니 앉아서 어머니와 아버지를 그리워하며 상념에 잠겼다. 두 분이 이곳 고틀란드의 집에 찾아오신 적이 있다. 어머니는 동화에 나오는 작은 슬리퍼, 아버지는 황금빛 파자마 차림이었다. 할아버지로서 손자들에게 그리스어를 가르치려고 하셨지만 성과는 별로 크지 않았다. 어머니는 딱히 신경 쓰지 않았다. 어머니의 온몸이 이미 수많은 명사와 동사를 가진 언어였기 때문이다.

아이들이 떠나고 집은 비었다. 하지만 우리의 날들은 그렇지 않았다. 빈자리는 사회생활이 채웠다. 우리는 여기저기서 먹고 마시며 수시로 음주가무를 즐겼다.

내가 예전에도 썼지만 아쉽게도 모든 사람이 내 책을 읽지는 않으니 여기에 다시 쓰겠다. 그리스인은 술을 마실 때 노래를 부르고, 스웨덴인은 술을 마시려고 노래를 부른다. 세월이 가면서 스납스(snaps, 독주·독한술)를 일컫는 단어들을 모으는 즐거운 버릇이 들었다. 내가 가장 높게 치는 말은 야마레와 투팅이다.

이런 풍부한 상상력을 가진 언어가 또 있는지는 모르겠다.

무리를 놓친 철새

　우리는 그럭저럭 잘 지냈지만 내 안의 공허함은 더욱 커졌다. 글을 쓰지 않는 나날이 허무하게 느껴졌다. 하지만 글을 쓸 수 없었다. 나는 홀로 멀리 산책 나갔다가, 포뢰의 영국인 공동묘지처럼 내가 좋아하는 곳으로 다시 길을 나섰다. 1854년 크림 전쟁 시절에 생긴 곳이다. 묘비의 비문은 비바람에 지워져 읽을 수가 없다. 공동묘지의 한쪽 귀퉁이에는 콜레라로 죽은 영국 선원들이 묻혀 있다. 그곳을 표시한 커다랗고 단단한 쇠사슬은 마치 에스토니아에서 불어오는 무시무시한 샛바람이 모든 것을 날려버릴지도 모른다는 징표처럼 보였다. 그 시대에 똑같은 전쟁을 겪고 아직 남아 있는 성채도 찾아가곤 했다. 거마창으로 둘러싸인 곳이다. 다른 때는 차를 몰고 내륙으로 들어가 돌무덤이나 돌무더기를 보기도 했다. 이렇게 작은 틈새로 역사를 들여다보면 강력한 약물을 먹은 것처럼 기분이 들뜬다. 그리고 완전히 새로워진 생각으로 집에 돌아오게 된다.

나만의 비밀 해변으로 갔다. 거의 언제나 나밖에 없는 곳이었지만 나의 뇌는 예전처럼 열리지 않았다. 나는 눈에 들어오지 않는 풍경을 그냥 쳐다봤다. 새로 개업한 카페 마펜은 세계에서 에스프레소가 가장 훌륭한데 오후에는 거기로 갔다. 내가 이해하지 못할 슬픔으로 가슴이 뻐근했다.

나하고 언어 사이를 가른 것이 무엇일까? 우리는 오랜 세월 친구였는데. 이제는 아니었다.

친구들과 지인들은 어째서 그리스에 작은 거처를 마련해놓지 않았느냐고 꽤 자주 물어보았다. 나는 여러 가지로 대답을 하는 편이었다. 이를테면 내 고국에서 관광객 행세를 하기 싫어서, 향수병에 걸리기 싫어서, 그리스를 화분에 꽃처럼 꽂아두기 싫어서. 모두 사실이었다. 가장 중요한 이유

114

도 마찬가지로 사실이었다. 나는 고틀란드에서 나의 그리스를 찾아냈다.

바다와 하늘에서 겹겹이 쏟아지는 빛이 똑같았다. 어둠이 똑같고, 구부정한 소나무들이 똑같고, 사암과 석회암이 똑같았다. 섬에는 여전히 흔적이 남은 역사도 있었다. 크림 전쟁 기간에 포뢰순드에는 영국과 프랑스 함대의 해군 기지가 있었다. 여전히 남아 있던 막사는 호스텔이나 식당으로 탈바꿈했다.

우리는 가끔 거기서 바다를 눈앞에 두고 저녁을 먹었다. 간단히 말해 나는 포뢰순드를 무척 좋아했다.

하지만 그런 날은 지나갔고 나는 반복적인 일상을 지키려고 했다. 공허함이 내 안에서 불안할 만큼 자라고 있었기 때문이다. 나는 되도록 아주 꼼꼼하게 신문을 읽었다. 몇 가지 변화도 일어났다. 아침에 라디오를 켰다. 예전 같으면 생각도 못 하던 일이었다. 아침 식사를 바꾸려고도 했지만 생각보다 어려운 일이었다. 똑같은 나날이 거의 끝도 없이 이어지는 것처럼 보였다. 또 다른 활동을 해보기로 하고는 포뢰순드의 헬스클럽에 가서 '쇠질'도 하고 노도 저으며 온갖 짓을 다했다. 우리처럼 다소 늙은 신사 숙녀가 몇몇 보였다.

그중 무척이나 상냥한 여자가 추리소설을 비롯해서 내 책을 몇 권 읽었다고 했다. 어느 날 그녀가 헬스클럽에서 지금까지 한 번도 열린 적이 없는 문을 열더니 말했다. "시체를 숨기기에 딱 좋은 곳이군요!"

여자는 내가 누구인지 알았다. 그게 나같이 늙은 그리스인에게는 중요한 문제였다. 그건 그리스인이라면 누구나 꾸는 꿈이었다. 자기가 누구인지 모든 사람이 알아보는 것. 술집에서 약간 시비가 붙었던 적이 있었다. 그날 저녁을 사주겠다고 나를 불러낸 형은 왠지 심기가 불편했다. 형은 웨이터와 한바탕 시비라도 붙을 기세였다. 그때 형이 마지막 카드를 꺼냈다.

"네가 지금 누구랑 얘기하는지는 알아?" 형이 눈썹을 실룩였다.

"예." 웨이터가 대답했다. "옛날에 저를 가르쳐주셨던 선생님이시잖아요."

그날 저녁은 기분 좋게 마무리됐다.

헬스클럽에서도 괜찮은 하루를 보냈다.

그날 집에 돌아온 나는 컴퓨터 앞에 앉아 머릿속에서 등에처럼 윙윙대던 문장 하나를 썼다. 그게 정작 무엇이었는지는 잊어버렸지만 그것으로 뭐라도 해야겠다는 느낌이 들었다. 내 멍청함 속에 자리 잡은 요괴가 내게 자비라도 베푼 듯해서 마음이 크게 놓였다.

이 문장을 어떤 식으로든 밖에 알리고 싶었다. 그래서 트위터 계정을 열어 우주에 날려 보냈다.

5분 뒤에 알림 열 개가 왔다. 저녁 무렵 나를 팔로우하는 사람이 100명으로 늘었다. 그리스에서는 아무리 입맛이 없어도 먹다 보면 식욕이 돈다고 말한다. 직접적인 커뮤니케이션이다 보니 편집자나 출판사가 필요 없고 나 말고는 검열할 사람도 없었다. 내가 하고 싶은 말이라면 무엇이든 할 수 있었고 그런 말은 어디로든 갔다.

고백하건대 그때까지는 새로 유행하는 SNS나 소셜 미디어를 그다지 탐탁하게 여기지 않았다. 이제는 생각이 바뀌었다. 당연히 무의미한 메시지도 많았지만 의미 있는 무언가를 일깨워주는 메시지도 있었다.

예수가 오늘날 살아 있었다면 트위터에 글을 올렸을 것이라는 생각이 들었다. "내가 너희를 사랑한 것같이 너희도 서로 사랑하여라." 이보다 나은 트윗이 있을까?

나는 동종요법 모델을 찾아낸 것이었다. 나는 예전처럼 글을 쓸 수 없었기 때문에 트위터에 썼다.

이렇게 여름은 여느 때처럼 지나갔고 포뢰순드에서는 꾸준히 변화가 일어났다. 우리가 처음 자리를 잡았을 때는 주민 1060명이 살았다. 나는 유일한 외국인이었다. 인구는 그때부터 계속 줄어서 2015년 여름에는 856명이 되었지만 외국인은 나 혼자만이 아니었다.

처음에는 루마니아 집시들이 왔다. 어느 날, ICA마트 밖에 젊은 집시 여자가 앉아 있었다. 느닷없이 벌어진 일이었다. 가난한 사람들을 밀쳐낸다고 끝나는 일이 아니었다. 그다음에는 가족이나 친지 없이 혼자 흘러든 아홉 명의 소년이 공동체 거주 구역에 배속되었다. 나는 그 아이들을 헬스클럽에서 가끔 봤다. 거기서는 잠시 어린아이들로 되돌아가 서로 장난을 치고 근육을 비교하고 웃음을 터뜨렸다. 하지만 마을을 정처 없이 떠돌아다닐 때는 어린아이들이 아니었다. 외국인일 뿐이었다. 그들은 서로를 지켜주기라도 하듯이 꼭 붙어

다녔다.

스웨덴에서 보낸 처음 몇 년이 떠올랐다. 나는 고개를 푹 숙이고 건물 벽에 찰싹 달라붙어 다녔다.

이 소년들이 나중에 글을 쓰게 될지 누가 알겠는가.

곧이어 난민들도 왔다. 알고 보니 포뢰순드 사람들은 인류애가 넘치고 도량이 넓었다. 세상은 바뀌었다. 여름에 나를 강타했던 액운 말고는 모든 것이 변했다. 쥐들이 내 자동차의 전선과 개스킷을 갉아먹었고, 컴퓨터가 고장 나는 바람에 5년 동안 모아두었던 원고, 주소록, 사진, 편지, 문서 등등이 모두 날아가 버렸다. 물론 복사본이 있었지만 파일을 복구하느라 2주 내내 고생을 했다. 설상가상 우리 집을 홀라당 태워먹을 뻔했다. 가스레인지 위에 올려놓은 냄비를 깜박했던 것이다. 다행히 문을 잠그는 것도 깜박했기에 이웃 사람이 연기를 보고 우리 집에 들어와 불을 꺼주었다.

나에게 무슨 일이 일어난 것일까?

어떤 신이 나에게 격노했을까?

여름 끝자락의 어느 날 오후, 철새들이 남녘으로 슬슬 날아가려던 때에 나는 홀로 날아다니는 한 마리를 보았다. 무리를 놓친 녀석이었다. 그래도 녀석은 텅 빈 하늘을 계속 날아갔다. 방향은 작은 뇌 안에 각인되어 있었다.

나는 어땠을까? 내 안에 방향이 있었을까?

시나브로 나는 그리스 생각을 더 자주 하게 되었다. 그것이 문제였을지도 모르겠다. 하루가 지날 때마다 내 고국을 한 조각씩 잃어버렸다. 나와 같은 상황이던 다른 사람들에게서 그런 모습을 본 적이 있다. 그들은 이방인의 상태로 쪼그라들었다. 겉보기에는 별다른 이유가 없었다. 성공한 덕분에 고향에 여름 별장도 짓고 언제든 찾아갈 수 있었다. 그런데 그것만으로는 부족했다. 결국 그들은 고향으로 영영 되돌아가고 말았다.

"돌아와요. 우리는 아직 산책할 길이 많이 남았잖아요." 친애하던 친구 마리아는 그렇게 말했다. 어쩌면 그게 나한테 모자란 것일지도 모르겠다. 아직 한 번도 해보지 못한 아테네 산책.

어쩌다 보니 하필 그때 어머니의 아파트가 비어 있었다. 경제 위기 때문에 세입자들은 나갈 수밖에 없었다. 그런 기회가 다시 생기려면 얼마나 기다려야 할까? 그곳을 관리하던 나의 형 스텔리오스가 나더러 쓰라고 했다.

내 생각을 얘기했더니 구닐라도 좋아했다.

4부

그리스 아테네

키스 없는 사랑, 사랑 없는 키스

　우리는 열흘 뒤인 9월 중순에 아테네에 도착했다. 밤 열
시였다. 내 여행 가방이 보이지 않았다. 수하물 컨베이어 벨
트는 멈췄다. 내가 책임자를 찾아가려는 순간 컨베이어 벨트
가 다시 움직였다. 구닐라와 나는 숨을 죽였다. 여행 가방이
나를 놀리기라도 하듯이 몇 분 만에 스스로 나타났다. 내 생
애 처음으로 캐리어가 미웠다.

　"운이 좋은 거야." 구닐라가 말했다.

　달리 보탤 말은 없었다.

　아테네 공항의 좋은 점을 하나 들자면 언제나 택시가 있

다는 것이었다. 우리는 금세 택시 하나를 잡고는 여행 가방들을 실었다. 구닐라가 내 짐은 어디에 두었느냐고 물었다. 인도에 두고 깜박했는데 다행히도 그 자리에 있었다.

"기지 광장까지 갑시다." 기사에게 말했다.

나는 어머니가 세상을 떠나고 수년 동안 그 주소를 말한 적이 없었다. 그곳은 어머니가 살던 곳이었다. 어머니는 거기서 세상을 떠나셨다. 이제 그곳으로 구닐라와 내가 가고 있었다. 차 안에서 우리 부부는 내 아버지가 입던 황금색 잠옷, 내 어머니가 만든 과자 등에 대해 이야기했다.

내 안의 안개가 살짝 걷혔다.

하지만 나는 차 안에 지갑을 흘리고도 여전히 눈치채지 못했다. 기사가 지갑을 집어 들었다.

"내가 주운 것이 다행이죠. 남이 주웠어봐요."

구닐라가 노발대발했다.

"요즘 당신, 내가 누군지도 잊는 것 같더라. 누구랑 연애라도 하는 거야?"

그랬다면 괜찮았겠지만 그게 아니었다. 내 나이가 되면 연애는 하지 않는다고, 나의 슬기로움에 약간 우쭐대며 단

언했다.

스텔리오스 형은 더운물을 비롯해서 이것저것에 대해 알려주고 열쇠를 전해주기 위해 아파트에서 우리를 기다렸다. 우리가 이튿날 아침 먹을거리도 사다놓았다. 할 일을 마친 형은 서둘러 집으로 돌아갔다. 몸 상태가 좋지 않았기 때문이다.

우리 부부만 남았다. 나는 아파트를 둘러보았다. 어머니의 식탁과 더블베드. 이만큼 세월이 흘렀는데 이 부엌과 안방에서 무엇을 느끼길 바랐던 걸까? 아무 느낌도 오지 않았다. 우리는 잽싸게 짐을 풀고 광장으로 나갔다. 가게들이 모두 문을 열었다. 다리를 뻗어 몸을 풀고는 무엇이라도 먹기 위해 자리에 앉았다. 우리 부부가 간절히 원한 것은 똑같았다. 데친 민들레, 페타 치즈, 생선구이. 마지막 요리는 없었다. 레치나 와인도 없었다. 아내가 고개를 절레절레 흔들었다.

"생선은 없다고 해도 이해가 되는데, 어떻게 그리스에서 레치나 와인 한잔을 못 마시는 거지? 그리스에 레치나가 없다면 키스 없는 사랑이나 마찬가지잖아."

나는 사랑 없는 키스가 더 나쁘다고 생각하면서도 엉뚱한 말을 했다. 나는 별다른 느낌이 들지 않는다고. 아내는 내가 무슨 느낌을 기대했는지 궁금해했다.

"모르겠어. 뭔가 있긴 한데. 무엇인가가 내 안에서 열리기를 바랐을지도. 생각이나 기억 같은 것. 근데 아무것도 없어."

아내는 별로 걱정하는 눈치가 아니었다.

"때가 되면 나타나겠지. 아무튼 나는 기분이 좋아. 우리 내일은 발코니에서 커피를 마시자. 당신은 참을성만 기르면 돼요."

광장 주위를 오가던 차량이 슬슬 줄어들었다. 자정이 훌쩍 넘어갔다. 빵집은 쇠창살문을 내렸다. 웨이터가 계산서를 들고 왔다.

"장사는 어때요?" 내가 물었다.

"무슨 장사요?" 웨이터가 물었다.

길고양이가 손님보다 훨씬 많았다. 바짝 말라서 안절부절 못하는 고양이들이 불안한 눈빛으로 조심조심 다가와서는 뭔가 얻어먹기를 기다렸다. 맨 처음 나타난 녀석에게 구닐라가 먹을 것을 좀 줬더니 더 몰려들었다.

밤이 늦었지만 아테네인들에게는 초저녁이었다. 광장 벤치에서 쌍쌍이 껴안고 애무하는 젊은 연인들처럼 다들 제자리에 그대로 앉아서 여러 언어로 말했다. 수많은 언어로 왁자지껄한 그곳에서 나에게는 러시아어, 알바니아어, 그리스어, 아랍어가 들렸다.

이 광장의 나무 아래에서 보낸 나의 십대 시절이 머릿속에 떠올랐다. 그런데 워낙 오래전 일이다 보니 한 번도 일어나지 않았던 일처럼 느껴지기도 했다. 나는 미국 작가 필립 로스의 말을 떠올렸다. "기억이 사라지면 글을 쓸 수 없다."

누구나 쉽게 알아들을 그 말이 바로 내 문제였다. 나는 기억이 났지만 이제 기억은 나랑 따로 놀았다. 생명력이 없었다. 사진으로만 남았다. 나는 스스로를 찍은 사진으로 변해가고 있었다.

도움을 받고 싶은 마음에 아내를 쳐다봤다. 아내는 고개를 뒤로 젖히고는 와인의 마지막 한 방울을 비우고 있었다. 목에 송골송골 맺혔던 땀방울이 내 머릿속을 반짝 스치고 지나갔다. 아내가 우리 첫아이를 낳았던 때였다. 아내는 땀에 흠뻑 젖었지만 작은 생명체를 품에 안은 모습이 형언할 수 없이 행복해 보였다.

"이거 한 번 더 해야겠어." 아내가 말했다.

나는 단 한 번도 그 순간을 잊지 않았고 앞으로도 잊지 않을 것이다. 우리는 1968년 가을부터 함께 살았는데 광장에서 보냈던 그날 밤이 고마웠다.

아내는 몇 년 전부터 저녁을 먹고 나면 담배 한 개비를 피웠다. 하루에 딱 한 개비다. 내가 기억하기로 아버지는 레드와인 한 잔을 마셨다. 딱 한 잔이었다. 나는 그런 사람들을 보면 감탄이 절로 나오지만 조금 무섭기도 했다. 약속을 깨도 아무도 비난하지 않을 텐데, 굳이 지키려면 얼마만큼 고집스러워야 할까?

"어머니 발코니에서 담배 좀 피울게."

아내에게도 어머니의 발코니는 독립적인 실체가 되었다. 우리는 거기서 그렇게나 많은 시간을 보냈고 그렇게나 많은 커피를 마셨다. 어머니는 커피 찌꺼기로 우리의 운명을 읽어냈다. 나는 무엇인가 내 안에서 다시 살아나 깨어나길 바라면서 두고두고 그 생각을 했지만 아무 일도 일어나지 않았다. 내 가슴속은 돌처럼 딱딱해졌다.

옛날에는 아테네 공항에 착륙하면 대번에 느낄 수 있었다. 나의 허파가 부풀어 오르면서 항공유와 함께 고국을 들이마셨다. 그렇지만 이번에는 아무 일도 생기지 않았다.

대신 내가 엉뚱한 곳에 있다는 느낌에 사로잡혔다. 내가 글을 쓸 수 없기에 벌어진 일이 분명했다. 나는 배수량이 없는 선박 같았다.

스웨덴에서도 똑같은 일이 벌어졌다. 나는 꽁무니를 빼면서도 알아차리지 못했다. 내가 좋아하는 사람들과 대화하다가 느닷없이 도망치곤 했다. 100명쯤 모인 방에 홀로 구석에 서 있는 홀쭉한 남자가 있다면 그게 바로 나였다.

어쩌면 외국에서 살아가는 사람들이 치르는 대가였을지도 모르겠다. 떠나온 곳에서와 다른 삶을 사는 것만이 아니었다. 이방인으로 느끼기 때문에 진짜 이방인이 된다.

누가 혹은 무엇이 내 어깨에서 이 저주를 거두어가서 또다시 원래 내가 바라던 대로 될 수 있을까? 나는 인간들 사이에서 인간이 되고 싶었다.

영원을 추구하는 것은 한물갔다

몇 달 전에 이메일 한 통이 나의 고향 마을인 몰라이에서 왔다. 그곳의 고등학교 교장 올림피아 람푸시 선생이 보낸 것이었다. 나는 그 성씨를 예전에 들은 적이 있었다. 마을 어귀에 향기로운 유칼립투스 나무들을 심어 아름다운 대로를 만들었던 산림 감독관의 성이 람푸시였다. 교장은 내가 전혀 예상하지 못한 무척 구체적인 질문을 던졌다.

교장과 교사들은 나의 이름을 따서 학교명을 짓고 싶다고 했다. 그런 제안에 내가 반대할 이유가 있었을까? 처음에 교장은 내 생각까지 염두에 두지는 않았지만 교사 한 명이 먼저 나한테 물어봐야 하지 않느냐고 했다는 것이다. "그분이 좋아하지 않을지도 모르잖아요."

이론적으로는 그럴 수도 있었다. 하지만 나는 그 구상이 마음에 들었다. 기꺼이 받아들였다고 하는 편이 낫겠다. 그런 일은 꿈도 꾸지 못했다. 내 마을은 이미 거리 하나에 내 이름을 붙여서 내게 경의를 표했기 때문이다. 아쉽게도 사진으로만 그 거리를 봤지만.

이내 우리 마을에서 교사로 일하셨던 아버지가 생각났다. 아버지가 살아계셨다면 기뻐하고 뿌듯해하셨을 것이다. "포기하면 안 돼." 아버지가 자주 하시던 말씀이다. 이제는 세상에 계시지 않지만 나는 기쁨과 자부심이 넘치는 아버지의 모습이 눈에 선했다. 죽음 따위가 무슨 대수라고!

나의 거리를 보고 싶었다. 나의 학교는 더더욱! 불귀의 객이 되어버린 내 친구 마리가 이런 말을 했었다. "너는 사형당한 자리에 기념비를 세워주겠다는 약속만 받으면 형장으로 달려갈 친구잖아."

그 말은 틀리지 않았다. 나는 경의를 표시하는 행위나 의례에 특별히 반감이 없었다. 오히려 정반대였다. 그래서 나

133

는 답장을 썼다. 고향 마을의 거리가, 학교가 나의 이름을 따도록, 그래서 내가 계속 존재하도록. 작가와 예술가라면 분명히 똑같은 생각이었을 것이다. 사회 전체가 시장 경제 앞에 무릎을 꿇기 전에는 다들 그랬다. 하지만 이제 영원을 추구하는 것은 한물갔다.

그리스와 그리스인들은 과거에 여러 차례 그랬듯이 또다시 부둣가에 서 있었다. 제2차 세계대전 중의 독일 점령, 뒤따른 내전, 집단 이민 등이 우리 세대를 만들어낸 경험이었다. 우리 중에는 사랑하는 이를 잃은 슬픔에 서러워하고, 부당함에 울분을 토하고, 이루지 못한 꿈에 영혼이 썩어문드러지지 않았던 이가 없었다. 하지만 그중 어떤 것도 우리가 근래에 겪었던 영혼의 피폐와 견줄 수는 없었다.

그리스는 하루도 빠지지 않고 유럽 신문에서 모멸을 당했다. 물론 예전에도 겪었던 일이다. 하지만 그때 우리는 인간으로서 공감을 얻었고, 우리는 정당했다. 이제는 완전히 딴판이 되어버렸다. 제2차 세계대전 당시 괴벨스는 그리스 사람들을 원숭이로 묘사한 포스터를 그리스 전역에 뿌렸었다. 그런데 이제 그 포스터를 닮은 풍자만화가 눈에 띄었다. 나의 가슴에서는 피가 흘렀다. 다시 아버지가 생각났다.

"우리는 습관의 노예가 되려고 자유를 쟁취한 것이 아니다."

아버지가 나와 형에게 담배를 끊으라면서 가끔 하시던 말씀이다. 충고가 먹혀들지는 않았다. 오히려 어머니가 우리 때문에 오다가다 담배를 한 개비씩 피우게 됐다.

이번에 그리스는 고통스럽게 습관을 고치는 대신 스스로를 팔아서라도 습관을 지키기로 했다.

교육부가 답변을 차일피일 미루는 바람에 학교 이름은 쉽게 바뀌지 않았다. 이해하지 못할 일은 아니었다. 온 나라가 위태로운 마당에 누가 그런 일에 신경 쓰겠는가? 하지만 그 학교 선생들은 내가 방문하면 기쁘겠다고 했고, 학생들은 내 책을 읽었다고 했다. 게다가 그해 여름에는 아이스킬로스의 비극을 무대에 올릴 예정이라고 했다.

"작가 선생님." 낯선 교장 선생이 이메일에 썼다. "별다른 일이 없으시면 아름다운 그리스어를 들으러 오세요."

나를 불러내는 주문 같았다. 나는 그런 초대에는 맞서지 못했다. 그래서 꼭 가겠다고 약속했다.

나는 어머니가 죽은 침대 위의 아내 곁에 누웠다. 미동도 없이. 온몸에서 넋이 빠져나간 느낌이었다.

불을 *끄*기 전에 구닐라는 평소처럼 잠깐 책을 읽었다. 아내는 어둠 속에서 나에게 가벼운 입맞춤을 했고 우리는 서로에게 잘 자라고 말했다.

모든 것이 달라졌지만 모든 것이 그대로였다.

내가 그리스어로 쓰려고 하면
어떻게 될까

이튿날 아침 누가 시동이 후딱 걸리지 않는 엔진과 씨름하는지 시끄러운 소리가 났다. 나도 잠이 깨버렸다. 자동차가 아니라 비둘기들이었다. 다섯 시도 되지 않았는데. 나는 부엌으로 나가 커피 한 잔을 내리고는 내 마법의 장소인 어머니의 발코니에 앉아서 도시가 깨어나는 소리를 들었다.

훌륭한 그리스 시인인 야니스 리초스를 처음 만났던 때가 기억났다. 나는 벵 홀름크비스트, 외스텐 셰스트란드와 함께 리초스의 후기 작품을 번역하고 있었다. 1967년 권력을 잡은 군사 독재 정권에 의해 레로스섬으로 추방당했을 때 쓴

시였다. 리초스는 병세가 무척 심했음에도 쉬지 않고 일을 했다. 그는 종이가 부족해서 매우 짧은 시를 썼다. 그중에는 두어 줄짜리 시도 있었다.

나는 그런 시들을 좋아했다. 벵 홀름크비스트와 외스텐 셰스트란드는 거의 다듬지 않은 내 초벌 번역을 보고도 나보다 기뻐하면서 자신들이 책임지고 완성하겠다고 다짐했다.

그래서 나는 최대한 빨리 리초스를 만나러 갔다. 그는 집에서 나를 반갑게 맞이했다. 언젠가 나의 미래를 찾아 스웨덴으로 출발했던 기차역 뒤쪽의 영세한 동네에 있는 방 세 칸짜리 아파트였다.

리초스가 일하는 방에서는 학교 운동장이 보였다. 쉬는 시간에는 아이들이 놀고 떠드는 소리가 들렸다. 하지만 그밖에도 이런저런 소리가 많이 들렸다. 자동차 소리도 들리고, 브레이크를 걸면서 들어오거나 힘겹게 출발하는 기차 소리도 들렸다. 특히 수박 노점상은 트로이 전쟁에 출전한 스텐토르처럼 고래고래 목청을 높였다. "놈들을 모조리 죽여버릴 거야. 내가 다 칼로 찔러 죽일 거라고." 수박 장수의 외침이 그렇게 듣기 거북했다는 뜻은 아니다. 요점은 잘 익은 붉은 과육을 손님이 볼 수 있도록 언제든 수박을 쪼갤 태세였다는 것이다.

그런 소음이 거슬리지 않는지 리초스에게 물어보았다. 아니, 오히려 반대로 그게 좋다고 했다. 특히 날이 밝을 무렵에 발코니에 앉아 자신의 도시가 깨어나는 것을 보고 듣는 것이 좋다고 했다.

그때가 바로 시에 어울리는 시간이었다. 이른 아침. 하루 중 나머지 시간은 산문 작가에게 넘겨줘야 했다. 시인이 그렇게 말하지는 않았지만 어머니의 발코니에 앉으니 그런 식으로 기억이 났다. 어쩌면 내가 했어야 할 일이었을지도 모르겠다. 다시 처음부터 시작하기. 최초의 아침을 찾기.

야니스 리초스에게 배운 것이 참으로 많았다. 세월이 흘러가면서 많이 잊어버리긴 했지만 잊히지 않는 것도 있다. 나는 고민을 거듭하다가 주제넘게 물어보았다. "스승님, 정말로 우리가 그리스어로 그렇게 말한다고 생각하시나요?"

그는 내 말을 나쁜 뜻으로 받아들이지 않았다. 그저 나를 지그시 바라보다가 조금 서글프게 말했을 뿐이었다.

"그렇게 말하는 건 그리스어가 아니라 바로 나라네."

어느 정도의 자기 확신이 있어야 그렇게 말할 수 있을까? 나한테 그런 것이 있었는지는 잘 모르겠다. 하지만 설령 그런 것이 있었더라도 스웨덴어로 글을 쓰기 시작하면서 잃어버렸을 것이다. 항상 확신이 없었다. 스웨덴어로는 그렇게 말하지 않을 거라는 생각에 실수를 저지를까 언제나 불안했다. 나는 40년이 넘도록 '다모클레스●의 칼'을 내 머리 위에 매달고 글을 썼다. 앞으로 40년을 더 쓴다고 해도 그렇게 느낄 것이다.

이런 느낌은 스웨덴어로는 이렇게 말하지 않고 저렇게 말한다는 논쟁이 아주 흔하다 보니 유지되고 강화되었다. 대개 논리적, 통사적, 문법적 논거를 제시하기보다는 용법이 그렇다는 소리로 얼버무렸지만. 스웨덴어로는 그렇게 말하지 않는다니까. 그러면 간단히 끝난다. 그렇지만 언어를 통째로 외울 수는 없다. 나 같으면 거부하다가 차라리 체념하겠다. 나는 원숭이가 아니다. '고틀란드에(på Gotland)'라고 할 때는 전치사 på를 쓰면서 어째서 '영국에'라고 할 때는 på를 쓰지

● 기원전 4세기경 시칠리아 시라쿠사의 참주 디오니시오스 1세의 측근. 디오니시오스 1세는 자신을 부러워하는 다모클레스를 한 가닥의 말총으로 매단 칼 아래에 앉히고 참주의 행복에는 항상 위기와 불안이 따름을 알려주었다.

않는지를 내가 이해할 수만 있다면 참 좋겠다. 하지만 스웨덴어로는 그냥 그렇게 말한다는 것 말고 그럴싸한 이유를 대는 사람은 한 명도 없었다. 나도 리초스처럼 말했어야 한다. 말은 내가 하는 것이지 스웨덴어가 하는 것이 아니라고. 그런데 나는 그렇게 스스로 확신을 가진 적이 없었다.

문제는 내가 그리스어로 글을 쓰면 어떻게 될까 하는 것이었다. 내가 기억하는 것은 무엇이고 잊은 것은 무엇이며 혹시 영원히 잃어버린 것은 무엇일까? 나의 그리스어를 되찾는 것은 자신감 없이 스웨덴어로 계속 살아가는 것보다 훨씬 어려웠다.

야니스 리초스는 레로스섬으로 추방되었을 때 시 한 편을 써놓았던 조약돌을 내게 주었다. 나한테 들려줘야만 했던 얘기가 있었나 보다. 나는 그 돌을 눈알처럼 간직했다. 그러다가 내 작업실에서 이사를 나가면서 돌이 사라져버렸다. 어떤 징조 같았다.

이제 그리스어는 네 것이 아니야.

아침에 일어난 구닐라는 눈이 반짝거리고 볼이 발그레했다. 언제나 잠을 잘 잤다. 파란 가운 차림이었는데 빨간 가운보다 잘 어울렸다.

우리는 발코니에 아침상을 차렸다. 우리 옆집 사람이 맞은편 발코니의 이웃 사람과 이야기를 나누고 있었다. 우리는 그런 목소리들 사이에서 커피를 마셨다.

한두 시간쯤 뒤에 우리는 광장에서 커피 한 잔을 더 마셨다. 나이가 다양한 아이들이 놀이터에서 정신없이 놀고 있었다. 한때는 나도 저기서 놀았다. 어울려 지내던 패거리를 생각했다. 우리는 만이 디아만티스를 언제나 '비가림막'이라고 불렀다. 머리카락이 쇠판때기처럼 이마 앞으로 뻣뻣하게 자라 나왔기 때문이다. 그리고 둘째 디아만티스는 꾸준히 골키퍼 노릇을 했으며 호랑이라고 불렸다. 모든 팀과 모든 놀이에서 대장 노릇을 했던 카라카차니스도 당연히 빼먹으면 안된다. 골키퍼로 팀에 들어오지도 못했던 롤빵도 있고, 드리블이 끝내줬던 꼬마 코스타스도 있었다. 그런데 거기서 멈췄다. 기억나는 친구가 더 있었지만 이름이나 별명이 생각나지 않았다. 예전에 나온 내 책에 적어두었으니 찾아볼 수는 있었다. 하지만 그런다고 무슨 의미가 있었을까?

망각은 삶의 일부분이다.

구닐라는 내 곁에 앉아 집에 보낼 엽서를 썼다.

어찌 보면 여러해살이식물처럼 내 안에 남은 이 소년들과 소녀들에게 그간 무슨 일이 생겼을지 궁금했다. 아직 살아 있는 사람은 얼마나 될까? 먼저 가버린 친구들은 누굴까?

광장도 변했다. 서민적인 다방들은 이제 깔끔한 카페테리아로 탈바꿈하거나 바가 되었다. 즉석식품을 팔던 단출한 식당은 사라져버렸다. 깔끔하게 콧수염을 기른 이발사도 더는 보이지 않았다. 예전에는 아테네를 방문할 때마다 그 이발사에게 머리를 깎았다. 내 머리카락을 어떻게 다듬을지 곰곰이 궁리하면서 가위를 다루는 현란한 솜씨를 구경하는 재미가 쏠쏠했기 때문이다. 손가락이 일류 피아니스트만큼 날렵했다.

나는 모든 것이 예전 그대로이기를 바랐다. 그것은 이민을 떠난 사람의 드라마다. 이민자가 남겨둔 현실은 남아 있지 않지만, 그래도 혹시나 하는 마음을 불러일으킨다.

"되돌아갈 수는 없어."

아내는 근심스럽게 나를 쳐다봤다.

"괜히 당신 얘기 하지 말고."

내가 부정했다.

"그런데 울잖아요. 왜 우는 거야?"

"안 우는데."

하지만 나도 모르는 사이에 울음이 나왔다. 내 눈은 눈물
로 가득 찼다.

"되돌아갈 수는 없어."

어쩌면 그 얘기를 써야 했을 것이다. 스쳐 지나가는 생각
이었지만 무척이나 위안이 되었다.

얼마 후에 우리는 사관학교 주변의 소나무숲을 거닐었다.
내가 어린 시절 놀던 곳이었다. 사관학교 건물은 이제 법원
이 되었다. 처음으로 나의 주의를 끌었던 것은 냄새였다. 내
기억 속에 자리한 톡 쏘는 송진 향기는 밝고 가벼웠다. 억지
로 들이밀지 않고 슬쩍 지나가듯 어루만지는 냄새였다. 그런
데 이제는 야외 변소 같은 냄새가 났다. 후텁지근한 악취를
맡으니 움찔하고 말았다. 여기저기 널린 신문지는 거기서 밤
을 지내는 노숙자들의 흔적이었다. 가난한 그리스인과 난민
들. 깡통과 주사기와 콘돔도 보였다.

나라의 경제 위기가 맨몸 그대로 드러났다. 주인 없는 개들은 누가 다가가기만 하면 겁에 잔뜩 질려서 으르렁댔다. 겁먹은 길고양이들은 쓰레기 더미를 뒤적거렸다.

다른 쪽에서 소수의 사람들이 소나무숲을 가로질러 최대한 빠르게 움직이고 있었다. 그들은 지름길로 법원까지 가려는 것이었다. 나는 여기저기 눈에 띄는 무리들을 알아보았다. 스톡홀름의 메드보리아르플랏센 광장에서도 봤다. 여러 명의 남자와 한 명의 여자로 이루어지는 경우가 종종 있었다. 그들은 모두 똑같이 구질구질한 몰골에 담배 한 개비를 나눠 피우거나 술 한 병을 나눠 마시거나 마약을 함께 맞았다. 그들이 공중화장실로 들어가 문을 잠그는 것도 보았다. 잠시 후면 도와달라는 비명과 고함이 들렸고 이따금 쾌락의 신음 소리도 들렸다.

가난뿐만 아니라 극빈까지도 나의 인생에서는 새롭지 않았다. 어렸을 때도 겪었으니까. 소나무숲 저편에는 예전에 소아시아 혹은 흑해에서 건너온 난민들이 머무르던 막사가 있었다. 가난해도 더럽지 않았고 비참하지 않았으며 역겹지 않았다.

이제 가난은 역겨운 것이 되었다. 내 어린 시절이 깃든 아테네의 소나무숲에서도, 스톡홀름의 메드보리아르플랏센 광장에서도. 이 사람들에 맞서 전쟁이 진행 중이었다. 내가 이해할 수 없는 전쟁이었다.

"우리는 가난하지만 품위가 있단다." 어머니가 종종 말씀하셨다. 그런 품위는 이제 더는 보이지 않았다. 가난한 이들은 사람이 아니라 '문제'였고 위생상 민폐였다.

나도 어머니처럼 말하곤 했다. 나는 스스로뿐만 아니라 다른 모두에게도 죽기 살기로 분발하고 노력을 멈추지 말라고 했다. 그러다 사람들이 책임을 내팽개치고 스스로 망가지는 꼴을 보고 있자니 놀라 자빠질 지경이었다. 내 생각은 그랬다.

하지만 내 생각은 틀렸다. 그걸 깨닫는 것은 고통스러웠다. 나는 물에 빠진 이들에게 헤엄치는 법을 배우지 않았다고 나무랐다. 그런데 멍하니 쳐다보면서 손가락 하나 까딱하지 않는 이들에게는 오히려 아무 말도 안 했다.

나도 그런 방관자였다.

백열여덟 살 여자

꽤 늦은 오후 나는 에기나섬으로 피스타치오를 사 먹으러 갔다. 아마 이곳 피스타치오가 세상에서 가장 맛있을 것이다. 저녁에 피스타치오에 우조 와인 한 잔을 곁들이면 금상첨화다.

나는 평소 가던 가게로 향했다. 그런데 쾌활한 주인 영감이 없었다. 나이가 가늠되지 않는 작고 호리호리한 여자가 그 자리를 차지했다. 머리카락은 은발에 가까웠고 눈빛은 생기가 넘쳤다.

그녀는 나를 보자마자 크게 소리를 질렀다.

"잘생긴 젊은 분, 어서 오세요!"

그녀는 일부러 그렇게 말했을 것이다. 하지만 나는 이런 인사를 받고 기분이 좋아졌다. 피스타치오만 조금 사려고 했으니 기껏 3분이면 끝날 일이었다.

나는 거기에 거의 한 시간이나 있었다. 여자가 자기 인생 이야기를 모두 들려주었다. 어린 시절 미국으로 이민을 갔고 지금까지 스물다섯 가지의 일을 했다고 한다. 그리고 신을 믿고, 가족을 믿고, 휴식을 중요시한다고 했다. "사람은 쉴 줄을 알아야 돼요." 그녀는 그 말을 거듭했다.

네 명의 여동생을 모두 시집보내고 혼자만 미혼으로 남았다고 한다. 그런데 아버지가 세상을 뜨기 얼마 전에 이런 글을 남겼다고 한다. "꼭 시집을 가거라. 그러지 않으면 내 몸뚱이를 땅속에서 절대로 받아주지 않을 테니까. 내 몸은 썩어서 흩어지지도 못하는 거지." 늙고 올곧은 남자에게 무척이나 가혹한 운명이리라.

여자는 미국을 떠나 그리스로 돌아와서 남자를 만나 결혼을 했다. 그녀보다 훨씬 나이 많은 홀아비였지만 좋은 남자였기에 그녀의 아버지는 땅속에 편안히 잠들었다.

이런 이야기보따리를 풀어가는데 여자의 휴대전화가 울렸다. 나이 든 남편이었다. 그는 산소가 필요하다고 했다.

"여기 계세요, 금방 돌아올게요." 그녀가 급히 자리를 떴다.

그녀는 5분 뒤에 돌아왔고 우리는 대화를 이어나갔다. 그녀의 나이는 여든두 살이고 앞으로 백열여덟 살까지 살 작정이라고 했다.

"왜 딱 백열여덟 살이에요?" 내가 궁금해서 물었다.

"우선 내가 여자라고 내 가게를 보이콧했던 인간들이 모두 죽어버릴 때까지 기다리려고요. 저 똥개 같은 놈들 좀 보라니까요!"

그녀가 건너편 카페에 앉아 있는 늙은 남자들을 가리켰다.

"저치들은 여기를 지나갈 때마다 이빨을 박박 간다니까요. 저 인간들은 내 남편이 죽기만을 기다리고 있어요. 그러면 자기들이 내 가게를 넘겨받을 수 있을 거라고 생각하거든요. 그렇지만 어림없어요. 내가 백열여덟 살이 될 때까지 여기를 지키고 있을 거니까요. 그리고 나서 백스무 살이 될 때까지 연금을 받아야 공평하겠죠.

그다음에는 온 세계를 여행할 거예요. 재미를 보기 위해서

라기보다는 지구의 동서남북에서 무슨 냄새가 나는지 맡고
싶어서예요. 그러고 나면 흐뭇하게 죽음을 맞겠지요."

"여태까지 어디 있었던 거예요?" 내가 집에 돌아오자 구
닐라가 물어보았다.
"사람들은 포기하지 않는다는 것을 배우고 있었지."

쓰디쓴 맛 그리스

이튿날 아침 렌터카를 가지러 갔다. 렌터카업체는 우리가 예약하고 돈까지 지불한 볼보 40 대신 닛산을 내놓았다. 나는 아무 말도 하지 않았다. 전에도 똑같은 대화를 했기 때문이었다. 업체는 고객에게 '볼보 혹은 이와 유사한 차량'을 제공할 권리를 지녔다. '유사한'이란 엔진 배기량을 의미했다. 예전에는 내가 빌린 것은 엔진이 아니라 자동차라고 항의했지만 어디에서든 조항은 조항이었다. 위풍당당하게 느릿느릿한 직원은 재규어라도 되는 것처럼 우리에게 닛산을 넘겨주었다.

우리는 시속 5킬로미터보다 빨리 운전할 수는 없었지만 시내에서는 별문제가 없었다. 하지만 큰 도로로 나가 목적지를 향해 달리다 보니, 기어 변속이 제대로 되지 않았다. 나는 미친 듯이 가속 페달을 밟았다. 아무 일도 생기지 않았다. 짜증난 자동차 운전자들이 우리에게 경적을 울리거나 손가락질을 하거나 욕지거리를 퍼부었다. 나는 '띨띨한 영감탱이'라고 불렸다. 전동 자전거 운전자들이 최악이었다. 나한테 바짝 달라붙어서 "아침에 손수레나 끌고 다녀요"라고 충고했다. 구닐라는 점점 더 불안해했다.

예전에는 이런 소란이 벌어져도 재미있었다. 기분이 한껏 고조되어 나도 욕설로 되받아치곤 했다. 세계 어디서든 통용되는 손가락 욕도 하고 아예 딴 사람처럼 변해버리기도 했다. 그러면 아내는 깜짝 놀라서 눈이 휘둥그레졌다.

"우리 뭐라도 해야 되는 거 아닌가." 아내가 말했다. 차를 잠시 멈출 만한 곳을 가까스로 찾아내 렌터카 회사에 전화를 걸었다. 위풍당당한 그 직원이 전화를 받았다. 그는 이런 문제가 일어난 사람이 내가 처음은 아니라면서 변속 레버를 다른 위치로 움직여야 자동 변속기가 작동한다고 설명했다.

현대적인 모든 자동차가 그런 식으로 기능한다면서 말이다. 그가 웃음을 참느라 안간힘을 쓰는 소리가 들렸다.

내가 급하게 차를 출발시키면서 위풍당당한 그놈의 목을 졸라 죽여버려야겠다고 했다. 그러고는 당장 렌터카업체로 되돌아가자고 했다. 구닐라는 웃음을 터뜨리고 말았다. 우리는 아무도 죽이지 않고 계속 길을 가기로 했다.

'어째서 그리스 사람들은 마음을 다스리지 못하지?' 마치 나는 그리스 사람이 아닌 것처럼 생각했다.

소도시를 지나갈 때는 항상 약간 긴장된 상태였지만 엘레프시나 방향으로 들어서면서 진정이 되었다. 그곳에서 아테네는 끝나고 슬슬 나의 고향인 펠로폰네소스 지방과 가까워지기 시작했다. 내 고국 안의 고향 땅 같은 곳이다. 그다음에 나오는 것은 내 고향 마을이었다. 모든 열망과 꿈의 요람.

아내는 잡지를 보느라 정신이 없었다. 엘레프시나 근방에서 나는 거의 1년 동안 군 복무를 했기에 땅거미가 질 무렵 끝없이 펼쳐지던 황혼 빛이 눈에 어렸다. 그곳과 언덕 주변에는 유독 어스름이 느리게 깔렸다. 어느 날 내 친구인 꼬마 코스타스에게 이런 얘기를 했다가 절대로 잊지 못할 대답을 들었다.

"아아, 엘레프시나. 거기에서 날뛰던 프로크루스테스는 자신의 철제 침대에 맞게 나그네들의 다리를 자르거나 늘렸지. 대지의 여신 데메테르가 지하로 끌려간 아름다운 딸을 그리며 눈물을 흘렸던 곳이기도 하고. 거기가 해 질 녘이 어떻다고?"

예전에는 여행을 다닐 때마다 구닐라에게 군대에서 겪은 일을 늘어놓곤 했다. 자유가 억압되어 단조롭게 지내고 지적 능력마저 없어졌던 시절이었다. 그런데 이번에는 그 시절이 너무 멀게 느껴졌다. 나와는 아무 상관도 없는 일이 되어버린 듯싶었다. 게다가 꼬마 코스타스는 이제 이 세상 사람이 아니었다. 나한테 타잔 그리는 법을 가르쳐주었던 앙칼진 소년도, 반물질 이야기를 처음으로 해주었던 사람도 마찬가지였다.

많이 이야기할 수도 있었겠지만 나는 아무 소리도 하지 않았다.

난 아내의 고국에서 외국인이었고 아내는 내 고국에서 외국인이었다. 어쩌면 이런 이방인의 정체성 덕분에 서로 그토록 가까워졌는지도 모르겠다. 아내가 내 곁에 앉아 있는 것이 완벽하게도 자연스러운 느낌을 주었다. 그래서 난 또다시 아무 말도 꺼내지 않았다.

이번에 고향 마을을 마지막으로 찾는 것처럼 나는 구닐라가 내 곁에 있어주기를 바랐다. 나의 이방인 정체성을 함께 나눌 사람은 아내밖에 없었다. 나를 쭉 지켜본 목격자도 아내뿐이었다.

평소와 다름없이 왼쪽 귓바퀴를 꼬부렸다 폈다 하면서 글을 읽는 아내의 모습을 힐끗 쳐다봤다. 나는 뭔가 말을 건네고 싶었지만 그러지 않았다. 내가 하고 싶었던 말을 이미 알고 있었을 테니까.

몇 시간 뒤에 우리는 에피다우로스에 다다랐다. 내가 그만큼 사랑하는 곳은 지구상에 별로 없다. 비록 아내는 무릎이 쑤셨고 나는 물밖에 나온 고기처럼 숨이 찼지만 우리는 원형극장 맨 뒷좌석까지 기어 올라갔다.

그리고 금방 보상을 받았다. 태곳적의 극장은 언덕 사이 골짜기에 피어난 거대한 꽃 같았다. 중년 여성 합창단이 네덜란드어로 노래를 부르고는 다른 관광객들로부터 열광적인 박수갈채를 받았다. 나도 관광객인 것처럼 손뼉을 쳤다. 어찌 보면 나도 관광객이긴 했다. 한때 이곳은 나의 모국이 었지만 이제는 낯선 나라가 되어버렸다.

우리 옆에는 폴란드 학생 한 무리가 앉아 있었다. 서로에 게도 예의가 발랐고 남들에게도 엄청나게 공손했다. 그들은 관객석에서 숨을 가쁘게 몰아쉬는 늙고 지친 개에게도 곰살 가웠다. 학생들이 말도 붙이고 간지럼도 태우자 녀석은 생기 가 돌기 시작했다. 녀석은 바닥에 누워 다리를 허공으로 쳐 들거나 엎드려서 자는 척을 했다.

"쟤 뭐 하는 거야?" 내가 구닐라에게 물었다.

"누가 쓰다듬어주길 기다리는군." 무덤덤한 대답이었다.

"그럼 누가 오긴 할까?"

"보기만 해요."

개의 바람대로 누군가 왔다. 학생들 가운데 특히 레오폴트 라는 이름의 금발 청년이 늙은 개를 잘 보살폈다. 그가 간지 럼도 태우고 사진도 찍으며 잘 놀아주자 늙고 불쌍한 개도 무척이나 즐거워했다. 나는 혹시 그리스 관광업계가 그 개를 고용한 것은 아닐까 하는 의심도 했다. 세계에서 가장 아름다운 극장에서 일하는 네발 달린 배우.

'이제 여기는 나라가 아니라 관광지야. 우리 동물들도 근무를 한다니까. 어쩌다가 이렇게 되었을까?'

그런 생각을 하지 말았어야 했는데.

바쁘게 내 사진을 찍어대는 아내에게 들키지 않도록 서글 픔을 숨겼다.

우리는 차를 몰고 고대의 극장에서 현대의 에피다우로스로 왔다. 바닷가였다. 해변 산책로에는 모든 상점이 영어 간판을 내걸었고 식당에서는 피자와 중국요리를 내놓았다. 구닐라는 엽서를 새로 샀다. 더위에 슬슬 인내심이 바닥나기 시작했다. 얼추 40명쯤 되는 무리가 '마이크 타베르나'라는 노천 식당에 자리를 잡고는 무엇을 먹을지 열띤 토론을 벌였다.

"세상사 별거 있나. 밥이나 잘 먹고, 남자 여자 잘 놀면 그만이지." 밀짚 모자를 쓴 홀쭉한 남자가 말했다.

"조용히 해." 딴 사람이 말했다.

은퇴자를 대상으로 하는 이른바 '사회 복지 관광'에 참여한 그리스 사람들이었다. 내가 찾아다니던 것과 내가 찾아낸 것 사이의 간격이 갈수록 벌어졌다. 그리스는 내 허락도 없이 바뀌어갔다.

계층 간의 격차는 내가 기억하던 것보다 한층 두드러졌다. 부자는 더욱 부자가 되었고 가난한 사람은 더욱 가난해졌다. 호화 레스토랑 앞에는 커다란 럭셔리 자동차들이 주차되어 있었다. 소박한 노천 식당 앞에는 먼지 덮인 모페드●들이 서 있었다. 항만에는 커다란 호화 요트들이 보였다. 이곳저곳에 웅장한 신축 별장들이 세워졌다. 뭍 쪽으로 조금 들어오면 꾀죄죄한 작은 가옥과 천막만 보일 뿐이었다.

나는 의견을 내놓을 권리가 없다는 느낌도 들었다. 나는 이방인이었다. 내가 말할 수 있는 것은 내가 기억하던 나라가 없어져버렸다는 것뿐이었다.

나도 변했다. 이제 나도 스웨덴으로 떠나던 스물다섯 살의 청년이 아니었다. 이제 나는 늙었다. 게다가 스웨덴에서 살았던 세월이 반세기도 넘었다. 설령 내 기억 속의 그리스를 되찾는다 하더라도 내가 좋아하게 될지는 확신이 없었다.

● 보조기관을 장치한 자전거 또는 초경량 오토바이

우리는 한때 수도이기도 했던 고풍스럽고 한갓지며 무척 고혹적인 나프플리오라는 도시에서 하룻밤을 묵었다. 우리가 묵은 그랜드 브르타뉴 호텔은 굉장히 쾌적했다. 거기서는 여러 유럽 언어가 통했지만 그리스어는 거의 들을 수 없었다. 프런트 직원은 처음에는 독일어로, 그다음에는 프랑스어로, 마지막에는 영어로 말을 걸었다. 한때는 나를 그리스 사람으로 보지 않는 것을 칭찬으로 여기던 때도 있었다.

우리는 방이 두 개인 스위트룸을 잡았다. 방에는 따뜻한 빛을 퍼뜨리는 화사한 전등이 달려 있고 골동품 가구도 갖춰져 있어서 무척이나 격조 높아 보였다. 성수기가 조금 지났기에 우리에게 여기 들어올 기회가 생겼다. 구닐라는 어른 두 명이 뒹굴어도 족히 남을, 어마어마한 더블베드에서 자기 자리를 골랐다.

"여기서는 휴대전화로 이야기해야겠는데." 아내가 말했다.

그러고 나서 우리는 구시가로 산책을 나갔다. 따뜻한 저녁이라 사람들이 무척 많았다. 구닐라가 젤라테리아●를 발견했

● 이탈리아식 아이스크림 가게

159

다. 참새가 방앗간을 그냥 지나랴. 스웨덴 사람이 거길 그냥 지나칠 리 없었다. 내가 그리스어로 말을 걸었는데도 점원은 우리에게 이탈리아어로 말했다. 나는 그게 거슬렸다.

나는 아이스크림을 그다지 즐기지 않지만 구닐라는 엄청나게 좋아한다. 그녀는 프랑스어로 말하는 젊은 여자 아르바이트생 두 명의 도움을 받아 다양한 맛들 사이에서 꼼꼼하게 아이스크림을 골랐다.

나는 입을 비죽거렸다.

잠시 후 우리는 카페에 앉았다. 젤라테리아에서 봤던 풍경이 되풀이되었다. 나는 웨이터에게 그리스어로 말했지만 대답은 영어로 돌아왔다.

나는 약간 부루퉁한 얼굴로 말했다.

"난 러시아어도 조금 할 줄 알아요."

"저도요." 그가 러시아어로 대답했다.

저녁을 먹으러 갔던 식당에서 또 다른 놀라운 일이 우리를 기다리고 있었다. 우리는 딱 하나의 기준으로 거기를 선택했다. 바로 음악 연주가 없다는 것.

우리가 무엇을 주문할지 서로 의논하는 동안 웨이터가 끼어들더니 거의 흠잡을 데가 없는 스웨덴어로 말했다. 그는 스웨덴에서 몇 년간 일하다가 귀국했다고 했다. "그리스도 세상의 모든 문제를 안고 있지만 그래도 여전히 달콤한 삶이 있는 곳이거든요." 내가 트위터에 그 말을 올려도 되겠느냐고 묻자 그는 전혀 반대하지 않았다.

우리는 왕족처럼 대우받았고 그것은 계산서에도 반영되었다.

웨이터의 말은 딱히 잘못된 게 없었다. 뭐라고 꼭 집어 말하기는 어렵지만 그리스에는 삶의 달콤함이 분명히 있었다. 그렇다면 도대체 뭐가 삶의 달콤함일까? 이따금씩 말썽을 부리는 사람이 생기더라도 곧바로 해결해주는 사람이 나타난다. 테이블 주변은 언제나 자리를 비워둔다. 식당은 절대 예약으로 꽉 차지 않는다. 무슨 말을 하기도 전에 물과 빵을 가져다놓는다. 웨이터와 웨이트리스들은 족제비처럼 잽싸게 오간다. 특히 젊고 예쁜 여자들이. 그렇지만 이 모든 것을 누리려면 돈이 있어야 한다. 돈이 없으면 삶은 우중충해지고 쓰디쓴 입맛만 남는다. 나는 그런 인생을 살아봤기 때문에 기차를 타고 스웨덴으로 갔던 것이다. 그래서 돌아오지 않은 것이기도 했다.

"달콤한 삶이 그냥 생기겠어? 그러려면 뭐가 있어야지. 내가 바라는 것은 품위라고. 그게 없으면 꿀에서도 쓴맛이 난다니까." 아내에게 말했다.

아내는 이따금 내가 꼴도 보기 싫을 때가 있다고 했다.

"그럼 그들에게 어쩌라는 거야?" 아내가 쏘아붙였다.

나는 그럴듯한 대답을 내놓을 수 없었다. 더구나 음식은 기가 막히게 맛있었다.

우리 둘은 호텔로 돌아와 작은 섬 위에 떠 있는 베네치아식 성곽인 부르지 해성이 서서히 어둠 속으로 숨어드는 모습을 보았다. 그러면서 구닐라는 담배를 피웠다. 대강 비슷하게 나도 절대적인 소외 속에 숨어들었다. 나는 내 나라에서 나의 언어조차 말할 수 없었다.

이튿날 아침, 눈앞에서 기적이 일어났다. 태양이 떠오르는 가운데 해무가 아주 느릿느릿 걷히면서 태산이 육중한 자태를 드러냈던 것이다. 꼭 VIP관객석에서 천지창조의 순간을 구경하는 기분이었다.

나는 날개를 걸치고(그러니까 나이키 에어 운동화를 신고) 이 도시의 높은 언덕을 감싸는 돌길을 따라 길을 나섰다. 나는 오롯이 혼자였다. 갑자기 바닷가 쪽에서 목소리가 들렸다. 두 명의 낚시꾼이었다. 보아 하니 오랜 친구 사이 같았다. 한 사람이 나긋이 물어보는 말소리가 들렸기 때문이다.

"우리 오늘 코스타스의 장례식에 갈까?"

내 친구 코스타스도 세상을 떴기에 하마터면 소리를 지를 뻔했다.

"친구들, 나도 같이 가도 되겠소?"

하지만 실제로 그렇게 소리치지는 않았다. 대신 나는 돌 난간에 기대어 쉬는 척하면서 아침의 고요한 잔물결 위에서 야구 모자를 쓴 고니 두 마리처럼 넘실대는 두 낚시꾼을 훔쳐보았다.

친구보다 소중한 것은 없다.

아리스토텔레스가 말했다.

무화과, 포도, 초콜릿, 책

그다음에 정차한 곳은 1249년에 아카이아 공국의 군주 기
욤 드 빌아르두앵이 지은 미스트라스의 중세 성곽이었다. 도
저히 다가갈 수 없을 듯한 벼랑에 죽음 따위는 아랑곳없이
대담무쌍하게 우뚝 솟아 있었다. 이곳은 동쪽의 피렌체로 발
전했다. 여기서 플라톤의 저술이 다시 발견되어 피렌체에서
라틴어로 번역되었다.

나는 구닐라에게 이 희귀한 보물을 보여주고 싶었다. 하
지만 구닐라의 무릎이 욱신거린다기에 자동차가 들어가는
데까지만 접근하기로 했다. 그래도 우리는 넋을 놓고 둘러

보았다. 그 위에서는 레몬 숲부터 오렌지 숲과 포도밭까지 골짜기를 구석구석 내려다볼 수 있었다. 바람은 향기를 내뿜었다.

우리는 잠깐 몸을 풀기 위해 걷다가 개 한 마리와 마주쳤다. 녀석은 잔뜩 졸리는데도 체면치레를 하느라 슬쩍 짖어댔다. 곧바로 쉰 살 언저리의 다소 야윈 개 주인이 나타나더니 우리에게 대뜸 어디서 왔느냐고 물었다.

우리가 스웨덴에서 왔다고 하자 개 주인은 오래된 무화과나무에서 잘 익은 무화과를 몇 개 따서 구닐라에게 주었다.

이런 환대가 내게는 너무 익숙했다. 덕분에 여행 중에 처음으로 무엇인가가 내 안에서 깨어나는 느낌이 들었다. 첫 번째 규칙, 낯선 사람에게 무엇인가를 대접한다. 무화과 몇 알도 좋고 물 한 잔도 좋고 포도 한 송이도 좋다. 무엇이든 갈증을 달래주기만 한다면.

그리스식 삶의 달콤함이란 어쩌면 이런 것일지도 모르겠다는 생각이 퍼뜩 들었다. 뭔가를 주는 손길 말이다. 사람이 사람에게. 낯선 이가 낯선 이에게. 오래전의 추억이 번쩍 뇌리를 스치고 지나갔다. 내가 올리브를 마음 놓고 먹도록 씨

를 발라내느라 뼈마디가 굵어진 외할머니의 손가락. 외할아
버지의 큼지막한 손바닥 한가운데 생긴 작고 노란 캐러멜
같은 굳은살. 마른 빵을 적시고는 설탕을 조금 발라주던 어
머니.

그때는 가난에 쪼들리던 모진 시절이었지만 세 살배기의
입에 먹을 만한 것을 넣어줄 손길은 언제든지 있었다.

이제 세상은 또다시 궁핍하고 엄혹한 시대를 맞았다.

어떤 손이 주고 어떤 손이 받을 것인가?

그리스에 달콤한 삶이 있는 것은 틀림없는 사실이다. 하지
만 그리스가 그렇게 매력적이지 않은 것도 사실이었다. 이를
테면 잘못이 크든 작든 간에 바로잡지 않고 숨기기만 하는
그리스 병이 그렇다. 그러니까 그리스 사람들이 원래 그렇다
고만 하면 모든 것이 설명되었다. 어째서 버스가 오지 않지?
우리 그리스 사람이 원래 그렇지 뭐. 운전기사는 왜 그렇게
퉁명스럽지? 음, 그리스 사람이 어떤지 알면서. 신사 숙녀 여
러분 실례합니다. 저도 그리스 사람이지만 꼭 그렇지는 않거
든요. 사실 나는 그런 태도를 싫어한다. 방바닥에 구멍이 나

면 양탄자로 가리는 대신 구멍을 메워야 한다. 사실 나는 그리스 사람이 어떤지 모른다. 나는 그런 그리스 사람을 한 번도 만나본 적이 없기 때문이다. 그렇지만 훌륭한 그리스 사람은 수백 명이나 만나보았다. 그들이 딱 하나 잘못한 것이 있다면 바로 모든 문제에 대해 이렇게 말하는 것이었다. "음, 그리스 사람이 어떤지 알면서!"

그다음에 우리는 번번이 심문을 진행한다. 누구냐? 어디서 왔느냐? 뭘 하느냐?

이해되지 않을지도 모르지만 무척이나 짜증나는 일이다. 그리스를 찾은 외국인은 범죄 용의자가 아니라 걸어 다니는 뉴스 기자다.

미스트라스까지 올라가기도 어려웠지만 우리가 다치지 않고 무사히 다시 내려온 것도 기적이었다. 커다란 관광버스들이 좁은 길을 독차지했다. 나는 10분마다 멈춰 섰다. 20센티미터만 벗어나면 천애의 낭떠러지라서 버스를 먼저 지나가게 했다.

잠시 뒤에 우리 부부는 커피 한잔을 마시기 위해 자리에 앉았다. 서빙을 하는 여자가 우리가 주고받는 외국어를 듣더니, 대뜸 어디에서 왔느냐고 물었다. 스웨덴에서요. 스웨덴요? 여자는 거기에 사촌이 있다면서 외국으로 이민을 가더니 한 번도 오지 않는다고 했다. 그래서 아쉽고 안타깝다고 했다.

고향 마을로 돌아가는 길에 내가 잠시 군 복무를 했던 장소를 지났다. 나는 초소 앞에 차를 세웠다.

"여기는 정차 금지 구역입니다." 초병은 내 백발을 보더니 누그러졌다.

"자네가 서 있는 자리에 나도 서 있었다네." 나는 허물없는 사이처럼 말했다.

초병의 말을 듣고 머릿속에 떠오른 것은 바로 금지의 시대였다.

침을 뱉는 것도 금지되었고 욕설을 내뱉는 것도 금지되었으며 어떤 식으로든 '미풍양속'을 해치는 행위도 금지되었다. 이 나라는 북쪽으로는 공산 국가들과 맞서고 동쪽으로는 터키와 맞설 준비를 했다.

고난의 시절이었다.

나는 차를 돌려서 아테네로 되돌아가 어서 스톡홀름으로 날아가야겠다는 충동을 느꼈다.

그런데 구닐라가 지도를 살펴보며 말했다.

"마을까지 얼마 안 남았네."

우리는 세 시 무렵 몰라이에 다다랐다. 애매한 시간이었다. 대부분은 밥을 먹고 있거나 아니면 점심 식사를 마치고 낮잠을 자고 있을 때였다. 내게는 딱 좋은 시간이었다. 나는 고향 마을에 도착한 것이 아니었다. 나는 거기에 들어간 것이었다. 방 열쇠는 흐르는 세월 속에서 더더욱 녹슬어 있었다.

마을 쪽의 진입로로 나오면서부터 이미 가슴은 쿵쾅거렸다. 내 이름을 붙인 거리가 어디에 있을지 궁금했다. 하지만 궁금증을 아주 오래 간직할 필요는 없었다. 우리는 그곳과 바로 마주쳤으니까. 내 이름이 걸린 표지판이 눈에 들어오자 내게서 평생 들어보지 못한 소리가 나왔다. 고함이나 외침이 아니었다. 아예 사람이 내는 소리가 아니었다. 새봄에 얼음이 바스러지는 소리였다. 무섭고 소름끼쳤다. 다행히도 그렇게 오래 그러지는 않았다. 구닐라가 표지판과 거리 그리고 나를 함께 사진에 담기 위해 힘껏 벽을 기어 올라갔다. 지나 가던 자동차가 담벼락에 올라가는 늙은 미치광이를 보고는 급정거를 했다. 그래서 나는 다시 정신이 번쩍 들었다.

"나는 바로 이 순간을 보기 위해 오랜 세월 글을 써온 거 야." 내가 구닐라에게 말했다.

아내의 눈이 반짝였다.

"내가 아이를 낳을 때도 그런 소리를 내지는 않았는데." 아내가 말했다.

어쩌면 과장이었을 것이다. 하지만 아내는 내가 무슨 말 을 듣고 싶어 하는지 알고 있었다. 친애하는 프로이트 선생 은 여자의 음경 선망에 집착했다. 나는 그게 무엇인지 모른 다. 하지만 내 몸에 아이를 가질 수 없다는 것이 서글프기는 했다. 나는 글쓰기가 길게 늘어지는 분만과 비슷하다고 믿고 싶다. 이런 비유가 딱히 잘 들어맞지 않더라도 말이다.

나는 표지판 밑에 서 있는 아내의 사진도 찍으면서 페이 스북에는 올리지 말라고 당부했다. 혹시라도 사진을 올리 면 아내 친구들은 내가 죽은 줄로만 알 테니까. 스웨덴은 합

리적으로 돌아간다. 우리는 '치료의 길(Terapivägen, 테라피베
겐)'이나 '직업의 길(Yrkesgatan, 위르케스가탄)' 같은 거리 이
름을 선호한다. 무엇인가에 자기 이름을 붙이려면 정말로 죽
어야 한다.

우리는 광장 쪽으로 갔지만 개미 새끼 하나 보기 힘들었
다. 우리는 급히 돌아다녔다. 마치 거기에 생전 처음 가본 것
처럼. 어찌 보면 완전히 틀린 말은 아니었다.

나는 고향 마을에 갈 때마다 언제나 처음이었다.

한 시간 뒤에 우리 부부는 우리를 초청한 사람이 방을 예
약해놓은 으리으리한 알라스 리조트에 성큼성큼 들어갔다.
몰라이에서부터 호텔이 자리한 엘리아까지는 보통 15분이
걸리지 않지만 우리는 쉽게 호텔을 찾지 못했다. 우리는 엘
리아 항구에서 작업 중인 두 명의 남자에게 물어보았지만
잘 모르겠다는 대답만 들었다. 현지 주민도 아니고 이웃 지
역 사람도 아닌, 알바니아 출신 난민들이었다. 그런데 그리
스어가 뛰어났고 기꺼이 도움을 주려고 했다. 어떤 지인에게
전화를 걸더니 우리에게 정보를 전달해주었다.

호텔은 항만 저편에 있었다. 멀리서는 보였지만 가까이에서는 눈에 띄지 않았다. 우리는 차를 몰고 가면서 보잘것없는 표지판을 10여 차례 지나쳤는데도 눈치채지 못했다. 이제 호텔이 눈에 들어왔지만 거기까지 가는 길은 감이 잡히지 않았다. 구닐라가 마침내 사람들의 발길이 거의 닿지 않는 오솔길을 발견했다.

"그런데 여기로 가면 바다로 이어지는데." 내가 말했다.

"그럼 호텔까지 헤엄치면 되지." 아내가 대답했다.

그렇게 나쁜 생각은 아니었다. 화려한 부겐빌레아 꽃 뒤로 말끔한 건물이 눈에 들어왔다. 그런데 사람은 보이지 않았다.

"저게 호텔 맞는 것 같은데." 나는 성급하게 결론을 내렸다.

이번에도 협곡에서 20센티미터밖에 떨어지지 않은 곳에 주차를 하고는 벨을 눌렀다. 아무도 나타나지 않았다. 우리는 더 작은 문을 발견하고 또 벨을 눌렀다. 잠시 뒤에 문이 열리더니 나이 지긋한 여자가 목욕 가운을 입고 매우 작은 슬리퍼를 신고 나타났다. 낮잠을 잘 자고 있다가 우리 때문에 깼던 것이다. 하지만 별로 개의치 않는 듯했다. 아니, 오히려 그 반대였다. 나는 그녀의 말을 절대로 잊을 수 없을 것이다.

"길이 끝날 때까지 가세요. 그다음에 앞으로 쭉 가세요."

그녀의 말대로 했다. 그리고 10분 뒤에 그곳에 다다랐다. 프런트의 젊은 여자는 영어를 완벽하게 구사했고 일도 잘했다. 내가 그리스어로 대답하자 나를 칭찬해주었다.

"나 그리스 사람이에요." 내가 말했다.

"그렇게 안 보이시는데요." 직원이 말했다.

그럼 어떻게 보여야 되는 것인지 궁금했다. 이마에 카인의 낙인 같은 거라도 달고 다녀야 하나?

우리 방, 아니 우리 스위트룸은 매우 쾌적했다. 구닐라는 창문을 모두 열고는 산천을 모조리 빨아들일 기세로 숨을 한 껏 들이마셨다. 그러더니 수십 년간 들어왔던 멘트를 날렸다.

"여기는 환기가 잘 안 됐네."

아내는 호텔 방에 들어올 때마다 우선 창문부터 모조리 열어젖힌다. 내 어머니랑 비슷하게 언제나 환기부터 해야 된다. 두 번째로 하는 일은 욕실 벽에 옷걸이가 넉넉히 걸려 있는지 살펴보는 것이다. 물론 아내가 만족하는 일은 지극히 드물다.

나는 우리를 초청한 현지 고등학교 교장에게 도착을 알리기 위해 전화를 걸었다. 그가 인사도 하고 다음 날의 행사에 대해 의논도 할 겸 동료 교사들과 함께 들르겠다고 했다.

밤 아홉 시에 보기로 했지만 그들은 열 시가 거의 되어서야 나타났다. 《일리아스》에 나오는 그리스 사람들처럼 한 보따리씩 선물을 가져왔다. 무화과, 포도, 초콜릿, 책.

구닐라가 칼과 포크로 커다랗고 탐스러운 무화과의 껍질을 힘들게 벗기자 교장이 손으로 벗기면 쉬울 거라고 일러주었다(교장은 이튿날 있을 연극 공연의 감독도 맡고 있었다). 아내는 여학생처럼 여자 교장의 말을 잘 들었다.

아내가 이방인처럼 느끼지 않도록 다들 배려하는 모습에 참으로 흐뭇했다. 구닐라는 그때그때 영어, 프랑스어, 독일어 등으로 말하다가, 한참 뒤에 교사들과 작별 인사를 나눌 즈음에는 에프하리스토 폴리라는 말도 할 수 있게 되었다. 그리스어로 '대단히 고맙습니다'라는 의미다.

어째서 아내가 좀 더 그리스어를 배우려고 노력하지 않았는지, 어째서 내가 아내를 구슬리지 않았는지, 어째서 자식들과 그리스어로 말하지 않았는지 오랜 세월 궁금해하는 사람이 많았다.

결정적인 이유를 대자면 간단하다. 내 스웨덴어를 꾸준히 향상시켜야 했기 때문이었다. 작가로서 나의 새로운 언어를 사랑하다 보니 스웨덴어를 더 잘하기 위해 아내와 아이들을 써먹어야 했다. 게다가 워낙 언어에 엄격했던 구닐라는 나이를 먹어갈수록 바른 말을 쓰지 않으면 야단을 치는 꼬장꼬장한 국어 선생님이 되어갔다. 그녀는 문법과 발음 모두 따진다. "schafför●가 아니라니까." 아내가 텔레비전 앞에서 질색하면서 인상을 찌푸린다.

자식들도 'möka(방귀 뀌다)', 'fetto(뚱뚱하다)', 'svullo(식탐 많은 뚱뚱보)' 같은 속어를 가르쳐주었다. 우리는 동사 möka가 어떻게 활용되는지 한참을 토론했었다. 명령형이나 과거형이 mök인가? 과거형이 mökte인가, 아니면 mökade인가?

다른 누가 내게 이런 말을 가르쳐줄 수 있었겠는가?

이렇게 간단히 변론해보았다. 나는 즐겁고 기쁜 마음으로 유죄를 인정한다.

● 운전사는 스웨덴어로 chaufför다.

우리 부부는 잠시 호텔 방의 발코니에 앉았다. 바다 소리를 들으며 협만 주위의 불빛을 바라보았다. 구닐라는 담배를 피웠다.

"재밌었어?" 내가 물었다.

"그렇게 맛있는 무화과와 포도는 처음 먹어봤어."

"사람들 말이야."

아내는 잠시 생각하다가 대답했다.

"그리스인이 모두 그들 같다면 그리스에는 아무 문제도 없을 거야."

무엇이 또는 누가
나를 나 자신으로 되돌려놓을까

이튿날 우리는 다나이와 야니스라는 친구들을 만났다. 나와 어린 시절을 함께했던 친구들 중에 기억나는 단 두 명이었다. 그들은 나의 부모와 형제자매하고도 알고 지냈다. 나와 아내는 친구들 집에 놀러 갔다. 당연히 음식 대접도 따랐다. 우리는 진수성찬을 즐기면서 다가올 공연에 대해 이야기를 나누었다.

야니스의 깔끔하고 서늘한 서재에는 아이스킬로스 비극전집이 알파벳 순서로 가지런히 꽂혀 있었다.

아주 잠깐 그들의 삶이 부러웠다. 집은 마을에서 가장 오

래된 축에 끼었다. 큰 방, 높은 천장, 수공예 가구. 테라스에
는 바질 향기가 가득했다. 나는 다나이가 마을에서 가장 아
름다운 여인이던 젊은 시절이 기억났다. 날마다 오후가 되면
은빛 물뿌리개를 땅 위로 50센티미터쯤 띄우고는 식물에 물
을 주었다.

나는 일가친척 가운데 우리 마을에서 그때까지 살고 있던
아르기로 이모댁도 찾아가고 싶었다. 그래서 우리는 다나이
와 작별 인사를 나누었다. 그녀는 손수 만든 건포도 케이크
와 자두 케이크를 건넸다. 무려 새끼 돼지 크기의 케이크들
이었다.

야니스는 우리를 배웅하면서 길을 알려줬다. 이모는 외조
부모댁에 산다. 친척 아저씨들 중에 내가 제일 좋아했던 이
모부는 물려받은 작은 가옥을 넓혔고 이모부 사후에는 이모
가 이를 이어나갔다.

집은 마침내 커다란 3층짜리 건물이 되었다. 아르기로 이
모는 연로한 나이에 시력도 좋지 않음에도 리모델링을 계속
했다. 소녀처럼 생기가 넘치는 이모는 늘 빙그레 웃고 금세
웃음보를 터뜨렸다. 이모는 우리 부부를 두 팔 벌려 맞이했

다. 새까만 눈동자가 반가움으로 빛났다.

"우리 아가, 잘 지냈니?" 이모는 눈부신 그리스어로 구닐라에게 안부를 물었다.

"칼라, 폴리 칼라(아주 잘 지내요)." 구닐라가 대답했다.

"우리 딸, 그리스어를 참 잘하는구나." 이모는 아내를 무척 흐뭇하게 바라보았다. 그러다 사악한 눈의 저주에 걸리지 않도록 침을 세 번 뱉는 시늉을 했다.

그런데 나는 훨씬 비판적인 말을 들었다.

"우리 보배, 너무 말랐구나." 이모가 말했다. "잘 먹어야지!"

가볍게 식사를 차려주겠다고 하셨지만 우리는 한사코 사양했다. 테라스로 나가서 골짜기 위로 뉘엿뉘엿 넘어가는 해를 바라보기만 해도 만족스러웠다. 마침내 저 멀리 높은 산봉우리 뒤로 태양이 자취를 감추고 분홍빛과 푸른빛의 어스름만 남았다.

나는 몰라이 전투를 떠올렸다. 당시에는 그 의미를 이해하지 못했다. 1943년 12월 당시 나는 다섯 살이 조금 넘었을 뿐이었다. 내가 봤던 남자들은 마을 쪽으로 살금살금 기어오다가 때때로 멈추고는 일제 사격을 했다.

내가 기억하는 것은 그것뿐이다. 나머지는 모두 사라졌다.
외할아버지와 외할머니가 기억나지만 이런 앙상한 기억은
내 것이 아닌 듯했다. 이 테라스에 서 있는 존재는 내가 아니
고 내가 남긴 잔재였다.

이모는 나이를 먹으면서도 자라는 멋들어진 고목이었다.

70년 전에 내가 마을을 떠나 아테네로 가면서부터 시작된
이민은 스웨덴에 다다를 때까지 이어졌고 여전히 진행 중이
었다. 이번에는 나 스스로부터 이민을 나왔다. 나는 서서히
또 다른 사람이 되어갔다.

그리스를 떠나기 전에 나는 별 볼 일이 없었다. 나는 나일
뿐, 아무것도 아니었다. 가족 중의 철학자, 내 어머니의 아들,
동네 축구팀의 왼쪽 날개, 학급에서 작문 솜씨가 가장 출중
한 학생. 이 모든 것은 바람을 타고 날아가 버렸거나, 아니면
어딘가로 향하던 기차에서 잃어버렸다.

무엇이 또는 누가 나를 나 자신으로 되돌려놓을까?

나는 무엇인가가 내 안에서 일어나기를, 나의 기억 가운데
어느 부분이라도 깨어나기를 바라면서 다시 사방을 둘러보

았지만 화면이 희뿌연 옛날 영화를 보는 느낌이었다. 기억은
힘을 잃어버리고 말았다. 그래서 글을 쓸 수 없었던 것이다.
나는 묵은 호두처럼 안이 비워졌다. 겉은 멀쩡하고 싱싱해
보이지만 속살이 몽땅 시들어 영양가가 전혀 남아 있지 않
았다.

우리가 아르기로 이모댁에 오래 머물지 않고 뭔가를 먹는
것도 사양하는 바람에 이모는 밥을 차려줄 기회를 놓쳤다.
하지만 이모는 내가 야위었다는 얘기를 꺼낼 기회는 놓치지
않고 아내에게 나를 잘 챙겨 먹이라고 신신당부했다.

우리 둘은 여섯 시쯤 호텔로 돌아왔다. 구닐라는 '바다를
빨아들이겠다'며 해수욕을 하고 싶어 했다. 우리는 해변으로
내려갔다. 나는 아내가 천천히 바다로 들어가서 머리를 물속
에 담그지 않고 살살 헤엄치는 장면을 지켜보았다. 아내가
젖은 머리로 물밖에 나오는 모습은 한 번도 못 봤다. 나도 함
께 바다로 들어가 연거푸 머리를 물속에 담갔다. 혹시나 무
기력에서 깨어날까 싶어서였다.

하지만 그냥 그대로였다.

아이스킬로스의 말

9월 26일이었다. 기억하는 사람도 있겠지만 엄청나게 큰 보름달이 뜬 밤이었다. 공연은 저녁 여덟 시 반에 마을의 작은 원형극장에서 열릴 예정이었다. 우리가 거기 도착했을 때도 이미 북적북적했는데 새로운 사람들이 자꾸 들어왔다.

마치 나에게 바치는 장례 미사를 목격하는 느낌도 들었다. 하늘의 달은 시간이 갈수록 커졌다.

시장과 지역 문화 담당관의 축사와 격려사가 이어졌다. 마지막으로 나를 초대한 고등학교 교장이자 연극 공연의 감독인 올림피아 람푸시의 개회사가 있었다.

나는 그들을 보고 목소리를 들었다. 멋진 사람들이었다. 그런데 무슨 말을 했던 거지? 내 얘기였나? 내가 눈뜬 채로 꿈을 꿨나?

그다음에 조명이 꺼졌다. 무대와 하늘만 빛났다. 별이 반짝이는 은빛 어둠 속에서 옷을 갖춰입은 십대 아이들이 북소리에 맞춰 등장했다. 은은하게 빛나는 의상 덕분에 장엄하고 신성한 하늘나라 같은 분위기가 연출되었다. 합창단이었다.

첫마디가 나오자마자 나는 소름이 돋았다.

페르시아의 충직한 군대는
그리스 땅으로 진격하고
우리는 여기 남아
황금이 넘치는 왕궁을 지키노라.

이렇게 우리에게 직접 말을 던지면서 아이스킬로스의 연극이 시작되었다. 우리는 관객이 아니고 함께 연기하는 연기자였다.

어린 배우들은 자기들이 무슨 말을 하는지 알고 있었다. 나는 유명 연예인이 고전 비극을 연기하면서 자기 말도 이해하지 못하고 관객도 이해시키지 못하는 경우를 봤다. 그런데 이 젊은 목소리들은 제대로 해냈다. 나는 그들에게, 아이스킬로스의 말에 나를 맡겼다. 가슴이 터질 듯이 뿌듯했다.

고등학생이 아이스킬로스 비극을 공연하는 곳이 여기 말고 또 어디에 있을까? 없을 것이다.

이제 달이 너무 가깝고 너무 커서 마치 이빨로 하늘을 물고 대롱대롱 매달려 있는 것만 같았다. 그러다가 갑자기 정전이 되었다.

누가 달을 껐지? 괴상한 의문이 머릿속에 떠올랐다.

잠시 뒤에 다시 전기가 들어왔고 공연이 계속되었다. 내 유년 시절에도 그랬다. 전기는 밤새도록 나갔다 들어왔다 했다. 인생은 잠깐 멈추었다가 몇 분 만에 다시 굴러갔다.

이번에도 그런 느낌이 들었다. 마치 다시 처음부터 시작하는 것 같았다. 아이스킬로스의 말이 메마른 땅을 시원하게 적시는 빗줄기처럼 내렸다.

이 언어는 내 언어였다.

나는 땀을 뻘뻘 흘렸다. 땀방울이 이마에서 반짝였다. 구닐라가 내 귀에 대고 속삭였다.

"재킷 벗어."

"안 그래도 돼. 그리스말을 들으니까 시원해."

공연은 대성공이었다. 관객들은 한참 동안 우레와 같은 박수갈채를 퍼부었다. 공연 참가자의 부모와 친척이 많아서 그랬겠지만. 그들의 열정을 깎아내리려는 말이 아니다. 공연은 말 그대로 너무너무 좋았다.

감사의 말을 전하기 위해 무대로 올라가야 했다. 하지만 너무 감격스러웠는지 다리가 달달 떨리고 몸이 비틀거리는 바람에 하마터면 원래 기대했던 것보다 더욱 구경거리가 될 뻔했다. 다행히 교사들이 내 팔을 잡아준 덕분에 모두들 앞에 난파선처럼 서게 되었다. 여전히 숨쉬기조차 힘들었지만. 나는 구닐라가 다른 사람들처럼 서 있을 거라고 생각하고 사방을 두리번거렸지만 그녀를 찾을 수 없었다. 젊은 배우들이 나를 둘러쌌다. 초롱초롱하게 빛나는 그윽한 눈길들을 결코 잊을 수 없다. 나는 학생들이 가져온 내 책들에 사인을 해주고 모두와 몇 마디씩 주고받았다.

탁 트인 밤하늘 아래 함께 모여 저녁 식사를 하면서 가을 밤의 정취가 한결 고조되었다. 평상시에 먹는 음식들이 작은 폭포처럼 조금씩 자꾸 흘러들었다.

나랑 조금 떨어진 자리에 앉은 구닐라를 그때그때 힐끔힐끔 쳐다보았다. 아내는 마음껏 먹고 마시며 사람들과 잘 어울려 놀았다. 금발의 젊은 영어 교사가 이번에도 옆에 앉았다. 나는 마음이 놓였다.

우리는 자정이 한참 지난 뒤까지 자리를 뜨지 않았다. 무척이나 상냥한 의사 부부가 우리를 호텔까지 데려다주었다. 그쪽 남편은 나와 똑같은 문제가 있었고 결과도 똑같았다. 담배를 끊으려고 했지만 끊지 못했다.

쓰다: 세상에서 가장 쉬운 일인 것처럼

이튿날 아침 일찍 일어나 보니 비바람이 몰아치고 있었다. 깜짝 놀랐다. 바람이 세차게 불었다. 바다가 너울졌다. 하늘에는 먹구름이 꼈다. 그러다가 장대비가 쏟아졌다. 굳이 갖다 붙이자면, 열정이 넘치도록.

날이 궂어도 계획에 차질이 생기지는 않았다. 나는 호텔 식당으로 내려갔다. 이곳에서는 손님이 직접 인스턴트커피를 타 마셨다. 나는 그냥 테이블에 앉았다. 맥박이 180 남짓 되는 듯했다. 가슴팍에 망치질을 하듯 심장이 두근거렸다.

컴퓨터를 켜고 언어 설정을 스웨덴어에서 그리스어로 바

꾼 다음, 첫 낱말이 나오기를 기다렸다. 파도는 점점 높아졌고 빗줄기는 창문을 후드득후드득 때려댔다. 나는 기다렸다. 아무 일도 생기지 않았다. 그리스어로 생각해보았지만 소용없었다. 지금껏 나는 스웨덴어로만 책을 냈으니 당연한 일이었다.

다시 스웨덴어로 바꿨지만 뇌리에는 아무것도 떠오르지 않았다. 이번 여행에서 수많은 인상을 받고 수없이 기록을 했지만 모조리 활력을 잃고 말라죽었다는 느낌이 들었다.

한마디도 쓰지 못하고 한 시간이나 그냥 앉아 있었다. 마셔야 할지 먹어야 할지 고르지 못해서 목마름뿐만 아니라 굶주림에도 시달리다가 죽은, 유명한 뷔리당의 당나귀처럼 나는 두 언어 사이에서 옴짝달싹도 못 했다.

구닐라에게는 아무 말도 하지 않았다. 아내는 그리스어로 글을 쓰겠다는 내 계획을 알지 못했다. 나는 아무한테도 얘기해주고 싶지 않았다. 내 속에서 치밀어 오르는 항의가 두려웠다. 스무 살이 넘고는 한번도 문학적으로 사용한 적이 없는 언어로 어떻게 글을 쓴다는 말인가?

스웨덴어로 글을 쓰기 시작했을 때도 이런 마음의 소리가 들렸다. 나의 모어가 아닌 언어로 어떻게 글을 쓰지? 그래도 난 썼다.

또다시 그리스어로 설정을 변경한 다음 기다렸다. 구닐라가 식당으로 내려왔다. 함께 아침을 먹었다. 아내는 날씨 탓인지 조금 차분하면서도 실용적인 관점을 피력했다.

"비가 올 때도 됐지." 그렇게 말하면서 내게 이렇게 일찍 컴퓨터로 무엇을 했느냐고 물어보았다.

"체스 했어."

아내는 내 대답이 거짓임을 알아챘지만 별소리는 하지 않았다. 그냥 엽서 한 묶음을 꺼내더니 세상에서 가장 쉬운 일인 것처럼 뭔가를 써 내려갔다.

힘든 시절이었다.

첫마디를 내뱉자마자 꿀이라도 먹은 것처럼 내 입안에서 이상야릇한 단맛이 났다. 달콤하고 홀가분했다.

나는 쓰지 않았다. 말했다. 첫마디가 나오면 마치 동생들이 뒤따라오듯 말꼬리를 붙였다. 엉뚱한 말이 튀어나올 수도 있었지만 두렵지는 않았다. 이것은 나의 언어였기에 나를 짓누르지 않았다. 목소리의 높낮이를 바꾸지 않아도 되었다.

내가 사랑하는 스웨덴어로는 이렇게 즉각적으로 편안한 기분이 들지 않았다. 어쩌면 절대로 그러지 못할 것이다. 언어는 내 머리 위의 가시 면류관이었지, 심장박동이 아니었다. 결국 더 좋은 것도 더 나쁜 것도 없었다. 그저 서로 다를 뿐이었다. 나의 두 언어를 결혼시키는 것이 가능하기나 했을까?

첫 문장을 스웨덴어로 다시 썼다. 그리스어 원문에 완벽하게 충실하고자 노력하면서.

하지만 뜻대로 되지 않았다. 좋은 스웨덴어에 가까이 가닿으려면 바꿔야 했다. 차이가 그렇게 크진 않더라도 한 언어의 세계는 다른 언어의 세계와 다르다. 리듬도 그렇다. 시간조차 그렇다. 하지만 무엇보다도 리듬이 중요하다. 스웨덴어가 이쪽 개울로 흘러간다면, 그리스어는 저쪽 개울로 흘러간다.

결론은 간단하다. 모든 언어가 독특하다. 두 개의 다른 언어로 똑같은 책을 쓸 수는 없다. 이미 쓴 책과 닮은 것을 쓸 뿐.

그게 전부다.

말할 것이 있으면 세상의 모든 언어로 말할 수 있다.

물론 입을 다물 수도 있다.

다른 이야기를 할 수도 있다.

하지만 마지막 말은 모국어로 하는 것이 가장 좋다.

50년 만에 그리스어로 처음 쓴 책

다음 날 우리는 스웨덴으로 돌아왔다. 하지만 이번에 나는 이민자가 아니었다. 고틀란드 하늘에서 홀로 날아다니던 철새가 생각났다. 녀석은 무리에서는 뒤처졌어도 방향을 놓치지는 않았다. 그 반대가 나였다. 나는 무리와 함께였지만 방향을 잃었다.

아이스킬로스의 말을 듣고, 소년 소녀들과 올림피아 람푸시 교장 선생님을 만나면서 나는 잃어버렸던 방향을 되찾았다.

내가 50여 년 만에 처음 그리스어로 쓴 이 짧은 책은 나를 모국어로, 나를 결코 저버리지 않을 유일한 고국으로 다시 이끌어준 이들에게 전하는 때늦은 감사의 표시다.

내가 몸 둘 바를 모를 만큼 극진한 대접을 받아서 되살아난 것은 아니다. 그들이 구해줬기에 되살아났다.

그러니 세상 어느 귀퉁이에서 나의 삶을 보낸들 무슨 상관이랴?

2016년 2월 28일 후딩에서
테오도르 칼리파티데스

옮긴이 **신견식**

한국외국어대학교 스페인어과를 졸업하고 서울대학교 언어학과 석사과정을 수료했다.
주요 관심 분야는 비교언어학, 언어문화 접촉, 전문용어 연구 등이며 15개가 넘는 현대
언어 및 해당 언어의 옛 형태까지 번역한다. 지은 책으로는《콩글리시 찬가》가 있으며,
《불안한 남자》《블랙 오로라》《박사는 고양이 기분을 몰라》《미친 듯 푸른 하늘을 보았
다》《언어 공부》를 번역했다.

다시 쓸 수 있을까

초판 1쇄 발행 2019년 3월 5일
초판 2쇄 발행 2022년 11월 22일

지은이 | 테오도르 칼리파티데스
옮긴이 | 신견식
발행인 | 김형보
편집 | 최윤경, 강태영, 이경란, 임재희, 곽성우
마케팅 | 이연실, 이다영, 송신아
디자인 | 송은비
경영지원 | 최윤영

발행처 | 어크로스출판그룹(주)
출판신고 | 2018년 12월 20일 제 2018-000339호
주소 | 서울시 마포구 양화로10길 50 마이빌딩 3층
전화 | 070-8724-4113(편집) 070-8724-5877(영업) 팩스 | 02-6085-7676
e-mail | across@acrossbook.com

한국어판 출판권 ⓒ 어크로스출판그룹(주) 2019

ISBN 979-11-965873-7-6 03850

만든 사람들
편집 | 강태영
교정교열 | 윤정숙
디자인 | 김아가다
본문 조판 | 성인기획
표지 그림 | 김효은